わたくしに恋してください！

～ループ二回目の悪役令嬢ですが破滅回避のため"誘惑"します～

烏丸紫明

B's-LOG BUNKO
ビーズログ文庫

Contents

Character
watakushi ni
koi shitekudasai!
ジークヴァルド・
レダ・アルジェント
アルジェント大公の長子で聖騎士。
ゲームのメイン攻略対象。
冷徹な性格で『氷の公子さま』と
呼ばれるが、一回目の人生では
アデライードを庇って命を落とす。
アデライード・ディ・
キシュタリア
乙女ゲーム『白百合のナイツオブ
ラウンズ』の悪役令嬢に転生して
しまった元社畜ヲタク。
破滅エンドを迎えたはずが、
二回目のループが始まってしまい!?

わたくしに恋してください！
~ループ二回目の悪役令嬢ですが破滅回避のため"誘惑"します~

フィオナ・ラ・クリステル

クリステル伯爵家の令嬢。
ゲームの主人公で
聖女として覚醒する。

クロード・ラリマー

キシュタリア家の執事だが、
アデライード専属の執事となる。

リュディガー・ディ・キシュタリア

キシュタリア公爵家の長男で、アデライードの兄。

シェスカ

アデライード付きのメイド。

ジェラルド・オーレリアン・レダ・アストルム

攻略対象の一人で帝国の第一皇子。

イラスト／仁藤あかね

プロローグ

　ドキドキと鼓動《こどう》がうるさい。

　今宵《こよい》は、整然と並ぶ大胆《だいたん》かつ細やかな彫刻《ちょうこく》と黄金のロカイユ装飾《そうしょく》が施《ほどこ》された柱たちも、そこから優美な曲線を描《えが》いてたどりつく天井《てんじょう》の見事なフレスコ画も、廊下《ろうか》の壁《かべ》にところ狭《せま》しと掛《か》けられている美しい絵画たちも、なにも目に入らない。

　荘厳《そうごん》かつ優雅《ゆうが》なホールを飛び出し、素晴《すば》らしい絵画や彫刻がところ狭しと並ぶ廊下を走り抜《ぬ》けて、私は月とランプの灯《あか》りでライトアップされた美しい庭園に駆《か》け込んだ。

　赤、ピンク、紫《むらさき》、オレンジ、黄、緑、白とさまざまな種類の薔薇《ばら》が盛《さか》りと咲《さ》いている。

　そのむせかえるような甘い香りにクラクラする。

　香りを振《ふ》り払《はら》うように薔薇たちの間を縫《ぬ》う煉瓦《れんが》の小道を走り抜け、私はハッとして足を止めた。

「ジークヴァルドさま……」

　色とりどりの薔薇に囲まれたメルヘンチックな白いガゼボ。

　月明かりに照らされたそこに、彼――ジークヴァルド・レダ・アルジェント公子はいた。

「っ……」

ドクンと大きな音を立てて心臓が跳《は》ねる。

スラリとした長身。軍服の上からでも、一部の隙《すき》もなく鍛《きた》え抜かれていることがわかる無駄《むだ》のない体軀《たいく》。ただそこに立っているだけで絵になる。

サラサラと風に遊ぶ、夜の空よりも深い漆黒《しっこく》の髪《かみ》。静かに月を見つめる眼差《まなざ》しは美しいアメジスト。まっすぐ通った鼻筋も引き締《し》まった頰《ほお》も精悍《せいかん》で男らしく、薄《うす》く形の良《い》い唇《くちびる》はとても甘やかで色香がある。

記憶《きおく》の中の彼よりも少しだけ若いけれど、違《ちが》いといえばそれだけだ。

月を見つめる静かな眼差しは、あのときとなにも変わっていない。

そう——あのとき。

一回目の転生人生。今よりも未来の話。

「……！」

視線を感じたのか、ジークヴァルドさまがふとこちらを振り返る。

アメジストの瞳《ひとみ》が、わずかに見開かれた。

「アデライード・ディ・キシュタリア公爵令嬢《こうしゃくれいじょう》？」

「っ……」

苦しいほど胸が熱くなり、心臓が早鐘《はやがね》を打つ。

回帰前、私とジークヴァルドさまは決していい関係ではなかった。

私はキシュタリア公爵家以外の人とは徹底的《てっていてき》にかかわりを避《さ》けていたのもあって、巷《ちまた》で囁《ささや》かれていた悪評はほぼそのまま放置と言うか——悪評を払拭《ふっしょく》するような行動は一切《いっさい》しなかった。だから、聖女を守る彼にとって私は『悪名高い令嬢』であり『要警戒《けいかい》対象』だったはずだ。

それなのにどうしてだろう？　あのとき、あなただけが私を信じてくれた。あなただけが、私を庇《かば》ってくれた。私が、聖女暗殺など企《くわだ》てるはずがないと言ってくれた。

だけどそのせいで、あなたはメイン攻略《こうりゃく》対象のはずなのに死んでしまった。処刑《しょけい》されてしまった。聖女暗殺未遂《みすい》の容疑者を庇った反逆罪で。

「ジークヴァルドさま……！」

私は彼を見つめたまま、ゆっくりと歩を進めた。

破滅《はめつ》の運命を変えたい！

一回目の転生人生でも『運命を変える』という一点においては達成できていた。だって、原作ゲームではメイン攻略対象が死んでしまうなんてことはなかったもの。

でも、結末は変わらず、私は処刑されてしまった。それも、多くの他者を巻き込んで。

結末以外はたしかに変わったけれど、悪いほうに転んでしまった。

そして、望んでもいないのにはじまってしまった〝二回目〟——。

今度こそ……いいえ、今度はもっと上手《うま》くやってみせる。

悪役令嬢の破滅の運命を変える。

そして、一回目で処刑されてしまったあなたも、キシュタリア公爵家のみなも、助けてみせるわ。

だから、そのためにも……。

「ジークヴァルドさま！」

私を見つめるアメジストの輝《かがや》きに見惚《みと》れながら、私は彼の前に立った。

あなたの力が必要なんです。ジークヴァルドさま。どうか……。

「どうか、わたくしに恋《こい》してください！」

「……は……？」

逸《はや》る気持ちのまま叫《さけ》んでしまって——私は思わず目を見開いた。

ジークヴァルドさまも、ひどく驚《おどろ》いた様子で私を凝視《ぎょうし》している。

ざぁっと全身から一気に血の気が引いた。

さ、先走り過ぎた！

「ええと……これは、その……。わたくしは……」

冷汗《ひやあせ》が背中を濡《ぬ》らしてゆく。私は内心頭を抱《かか》えた。

やってしまったーっ！

第一章　転生悪役令嬢ですが、まさかの二周目に突入しました⁉

あのとき――あなたは死んでしまった。

音楽が止まった。

ほぼ同時に、怒号《どごう》と悲鳴が上がる。

なにごとかとみなが視線を巡《めぐ》らせた瞬間《しゅんかん》、煌《きら》びやかなホールに荒々《あらあら》しい足音を立てて騎士《きし》団が雪崩《なだ》れ込んでくる。

「静かに！　全員、動かぬように！」

燃えるような赤い髪《かみ》のヴォルフ・デ・グラナート第一騎士団長が叫《さけ》ぶ。

彼らを従えるは抜《ぬ》き身の剣《けん》を手にした第一皇子――ジェラルド・オーレリアン・レダ・アストルム殿下《でんか》。その輝《かがや》かんばかりの金色の目は怒《いか》りと憎《にく》しみに燃え上がり、まっすぐに私に向けられていた。

「ッ……」

ざわっと冷たいものが背中を駆《か》け上がる。

目の前の光景には見覚えがあった。アデライードの断罪シーンだ。

ここは、大人気乙女《おとめ》ゲーム『白百合《しらゆり》のナイツオブラウンズ』の世界。

私は、その悪役令嬢《れいじょう》――アデライード・ディ・キシュタリア。

アデライードは、伯爵《はくしゃく》令嬢ながら聖女として世界が傅《かしず》く存在となったヒロインにひどく嫉妬《しっと》し、どのルートでも彼女を苛《いじ》め抜いた挙句に暗殺を企《くわだ》て破滅《はめつ》、最後には死ぬ運命だ。

転生に気づいたのは、十七歳――まさにゲームがはじまったそのときのことだった。

それから五年、私はヒロインや攻略《こうりゃく》対象たちとの接触《せっしょく》を徹底的《てっていてき》に避《さ》けて、避けて、避けてきた。断罪されないために。死の運命を回避《かいひ》するために。

その作戦は上手《うま》くいったようでゲームでは十八歳で死ぬはずだったけれど、私はすでに二十二歳になっている。

「う、そ……」

私は思わず手で口元を覆《おお》い、一歩後ろに下がった。

待って……。そんなわけがないわ。ゲームは私と同じ年齢《ねんれい》のヒロインが十七歳になった瞬間からの一年間を描《えが》いている。だから、時間軸《じく》的にはすでにエンディングを迎《むか》えている。

そのうえ、なにごともなく四年も経過しているのよ？　だから、シナリオからは外れたと、破滅の運命は回避できたものだと……そう思っていたのに。

「アデライード・ディ・キシュタリア！　聖女暗殺未遂及《みすいおよ》び国家反逆罪で拘束《こうそく》する！」

ジェラルド殿下はまっすぐ私のもとへ来て、剣の切っ先を目の前に突《つ》きつけた。

第一騎士団長以下騎士たち全員、私に憎しみの目を向けている。

「暗殺未遂？　どういうことです？　わたくしはなにもしておりません！」

「お前が下級神官を買収して、聖女への供物《くもつ》の中に毒入りのワインを紛《まぎ》れ込ませたことはすでに調べがついている。幸い聖女は少し体調を崩《くず》されただけで済んだが、大神官さまが現在意識不明の重体だ」

「そんな！　殿下！　本当にわたくしは……」

「見苦しいな。弁解があるなら、取り調べの際に聞こう。――まぁ」

私をねめつけるジェラルド殿下の双眸《そうぼう》が、さらなる苛烈《かれつ》な怒りに燃え上がる。

「そんな余地などないほど、証拠《しょうこ》は揃《そろ》っているがな」

「!?」

いったいどんな証拠が？　だって、本当になにもしていないのに。

数名の騎士が足早に近づいてきて、呆然《ぼうぜん》とするしかない私の腕《うで》を両側から乱暴につかみ、押さえつける。

「きゃあ！　い、痛っ……！」

「連れて行け」

「待っ……！」

助けを求めて周りを見回すものの、目が合った人はみなかかわりあいになりたくないとばかりに素早《すばや》く顔を背《そむ》けてしまう。

「お、お父さま……！」

お父さまとお兄さまはどこ？　二人ならきっと私を助けてくれるはず――しかしその希望は、騎士団長に駆け寄《よ》った騎士が発した言葉が粉々に打ち砕《くだ》いた。

「キシュタリア公爵《こうしゃく》、ならびにキシュタリア公子も拘束いたしました」

「そうか」

「っ⁉　ま、待ってください！　どうしてお父さまとお兄さまを……！」

「どうして？」

ジェラルド殿下が私の言葉を繰《く》り返し、ハッと嘲笑《ちょうしょう》する。

「国の宝たる聖女を弑逆《しいぎゃく》しようとした罪が、たかが公爵令嬢一人の命で贖《あがな》えるとでも？

それはそれは……」

乱暴に前髪《まえがみ》をつかみ上げられる。

痛みに顔を歪《ゆが》めた私を覗《のぞ》き込み、ジェラルド殿下は冷たく言い放った。

「ずいぶんと聖女を軽く見ているようだ」

「っ……そ、そうではなく……！」

そうじゃない。そんなつもりはない。

「で、殿下！　本当に、わたくしは……！」

だが、私の言葉などもう誰《だれ》も聞こうとしない。

そのまま連行されそうになった、そのときだった。

「お待ちください！」

ホールに鋭《するど》い声が響《ひび》く。ホールの出入り口へ視線を巡らせた。

「え……？　アルジェント公子……？」

そこには——本来ならばこの場にいるはずのないジークヴァルド・レダ・アルジェント公子が息を切らして立っていて、私は大きく目を見開いた。

現皇帝《こうてい》陛下の弟アルジェント大公の長子で聖騎士。若くして聖騎士団の副団長を務めていたけれど、聖女が現れてからは聖女を守る聖近衛《このえ》騎士団の団長となっていた。

このゲームのメイン攻略対象だ。

こう言うと、じゃあ悪役令嬢断罪の場にいるのは当たり前のように思えてしまうけれど、実はシナリオでは違《ちが》う。

悪役令嬢・アデライードが聖女暗殺未遂の嫌疑《けんぎ》をかけられて断罪されるのは、第一皇子ジェラルドと第一騎士団長ヴォルフのルートのみ。だから、聖女暗殺未遂の断罪シーンに登場するのもその二人のみ。

つまりシナリオでは、彼はここにいるはずがないのだ。

「アルジェント公子、なぜここにいる。貴殿《きでん》は謹慎《きんしん》中のはずだが？」

混乱する私の視線の先で、ジェラルド殿下が不愉快《ふゆかい》そうに眉《まゆ》を寄せる。

「聖女をお守りし切れなかったことを軽く考えているのか？」

「いえ、重く受け止めているからこそ、参りました」

アルジェント公子はそう言ってジェラルド殿下に頭を下げると、まっすぐこちらへ来て、私を拘束している騎士の腕に手をかけた。

「キシュタリア公爵令嬢を離《はな》せ、乱暴にするな」

「なんの真似《まね》だ！　アルジェント公子！」

ジェラルド殿下が叫ぶ。

私を拘束している騎士たちもひどく狼狽《うろた》えた様子で顔を見合わせた。

「し、しかし……」

「キシュタリア公爵令嬢は容疑の否認《ひにん》はしているが、逃亡《とうぼう》をはかろうとはしていない！　こんな拘束は不要だ！　手を離せ！」

アルジェント公子の剣幕《けんまく》に気圧《けお》されたように、騎士たちが私から手を離す。

私は素早く離れ、自分を抱き締めるように捩《ね》じり上げられていた両腕《りょううで》をさすった。

「大丈夫《だいじょうぶ》ですか？」

「は、はい……」

すごく助かったし、ありがたいけれど……でもどうして？

当然、シナリオでは悪役令嬢を庇《かば》う者なんていなかったわ。登場しないはずのキャラが登場して断罪される悪役令嬢を庇うなんて、いったいどうなっているの？

そりゃ、本来断罪されるはずだったときから四年も経《た》っているのだもの。これが今さらゲームの強制力のようなもので強引《ごういん》にシナリオに引き戻《もど》されたことによるものだとしても、完全にゲームどおりにはならないのはわかっているわ。だけど、本当にゲームの強制力でこれが起きているのならどう考えてもおかしい。

シナリオどおり悪役令嬢を退場させるために、存在しない味方を作る必要はないもの。

「なんの真似だと訊《き》いている！」

ジェラルド殿下が苛立《いらだ》った様子で叫ぶ。

アルジェント公子――ジークヴァルドさまは私を背に庇い、まっすぐジェラルド殿下を見つめた。

「キシュタリア公爵令嬢が聖女の暗殺を目論《もくろ》むとは思えません」

少しの迷いもよどみもない言葉に、会場がざわつく。

その言葉は震《ふる》えるほど嬉《うれ》しいけれど、やはりどうしても疑問がつきまとう。ヒロインと攻略対象は徹底的に避けていたから彼とは数回話したことがあるぐらいなのに、どうして私の無実を信じてくださっているのか。こうして庇ってくださるのか――。

「な、なにを言っている！　この女は……！」

「そもそも現段階において、令嬢はまだ容疑者に過ぎません。違いますか？」

「っ……！　証拠があるんだ！」

「たしかに疑わしい証拠は出ています。しかし、まだ裏づけまでできていません。誰かがキシュタリア公爵令嬢――あるいはキシュタリア公爵家を陥《おとしい》れるために捏造《ねつぞう》した可能性も、まだ排除《はいじょ》できていません。現時点での拘束は早計かと。殿下、どうか冷静に」

どこまでも冷静に言葉を紡《つむ》ぐジークヴァルドさまに、ジェラルド殿下が激昂《げきこう》する。

「黙《だま》れっ！　聖女が害されたのだぞ！　国として、これほどの一大事があるか⁉」

「だからこそです。一刻も早く犯人を捕《と》らえ、背後関係を徹底的に洗い出し、かかわったすべての人間を処罰《しょばつ》しなくてはならないからこそ、より慎重《しんちょう》になるべきです」

ジークヴァルドさまがジェラルド殿下に一歩近づき、なだめるように言う。

「犯人でない人間を取り調べている間にも、本当の犯人が――黒幕が逃《に》げおおせてしまうかもしれないのですから」

「うるさい！」

だが、そのジークヴァルドさまの正論が、冷静さが、自身の判断を否定されている――あるいは聖女を軽《かろ》んじられているように感じたのか、ジェラルド殿下の怒りはさらに燃え上がる。

「聖女暗殺を企てたのはこの女だ！　間違いない！　冤罪《えんざい》の可能性など万が一にもない！　この女が犯人と確定したから捕らえただけのこと！　なにも不備はない！」

「殿下！」

「黙れっ！　聖女を守ることができなかった貴様に、物申す資格があると思うか！」

それには反論できず、ジークヴァルドさまがグッと言葉を詰《つ》まらせる。

その隙《すき》を逃《のが》さず、ジェラルド殿下は騎士たちに鋭く命じた。

「その女が犯人で間違いない！　いいから連れて行け！」

「お待ちください！　もう一度調査を！」

なおも諦《あきら》めず止めようとするジークヴァルドさまに、ジェラルド殿下は手に持っていた剣を振《ふ》り上げた。

「しつこいぞ！」

瞬間、鮮血《せんけつ》が散る。

「きゃあっ！　アルジェント公子！」

驚愕《きょうがく》と戦慄《せんりつ》が背中を駆け上がり、私は思わず悲鳴を上げた。

嘘《うそ》……。本当になにが起こっているの？　ジークヴァルドさまが害されるなんて。

「反逆者を庇う者も反逆者だ！　ジークヴァルド・レダ・アルジェントも拘束しろ！」

ホール内が騒然《そうぜん》とする中、ジェラルド殿下が鋭く命じる。

騎士たちが素早く動き、私を――そしてジークヴァルドさまをも拘束する。

「や、やめてください！　公子は関係ないはずです！　アルジェント公子！　ジークヴァルドさま！」

必死に訴《うった》えるも、それが聞き入れられることはない。

「キシュタリア公爵令嬢……！　やめろ！　令嬢が聖女暗殺などするわけが……！」

騎士たちに拘束されながら、なおも私の無実を叫んで、血に汚《よご》れた手を伸《の》ばそうとしたジークヴァルドさまの首にジェラルド殿下が剣を突きつける。

「殿下！」

「邪魔《じゃま》は許さん！　それは立派な反逆行為《こうい》だ！」

「殿下！　どうか冷静に！」

叫ぶジークヴァルドさまの手は、鮮やかな赫《あか》に濡《ぬ》れている。

その首に突きつけられた剣の切っ先の不吉《ふきつ》な輝きに恐怖《きょうふ》が募《つの》ってゆく。

「嫌《いや》！　待って！　わたくしはなにもしていないわ！」

騎士たちに引きずられながら、私は力の限り叫んだ。

「離して！　殿下！　信じてください！」

私だけじゃない。お父さまも、お兄さまも……ジークヴァルドさまもよ。

彼はなにも悪くないのに！

「ジークヴァルドさまを離して！」

けれど、それは届かず。

私はホールから引きずり出されて——そして、目の前ですべての希望を断《た》つかのように分厚い扉《とびら》が音を立てて閉まった。


カツンカツンと足音が聞こえて、意識が浮上《ふじょう》する。

私は大きく目を見開き、ガバッと勢いよく身を起こした。

身分の高い政治犯を収監《しゅうかん》、処刑《しょけい》する監獄《かんごく》——アンフェール塔《とう》。

その一室に閉じ込められてから、すでに二週間以上が経過していた。

その間、一度も取り調べのようなことはなく、一日に二度薄《うす》いスープと一切れのパンを、そして三日に一度お湯とタオルを差し入れるために人が来るけれど、話すのを禁じられているのか、なにを質問しても一言も答えてはくれなかった。

だから、この聖女暗殺未遂事件の調査がどうなっているのか……。お父さまやお兄さま、そしてジークヴァルドさまが今どうされているのかはまったくわからない。

私は慌《あわ》てて明かり取りの窓を見上げた。

暗い。夕食を食べてから時間が経っているはずだけれど、朝はまだ来ていないみたい。

カツンカツンと階段を上がる足音が近づいてくる。

こんな時間に人が来たことはない。食事や湯の差し入れではないなら……。

私はベッドから降りて、鉄格子《てつごうし》に近づいた。

すると鉄格子の向こう――重厚《じゅうこう》な鉄の扉が開き、奥からジェラルド殿下が姿を現した。

「っ……殿下……！」

殿下はまっすぐ目の前に来ると、私を冷たく見下ろした。

「アデライード・ディ・キシュタリア。貴様の処刑日が決まった。――明日だ」

一瞬《いっしゅん》、なにを言われたかわからなかった。

「は……？」

処刑日が決まった……？

「ま、待ってください。どういうことですか？　取り調べは？　裁判も……」

私はなにも受けていない。この二週間強、ただここに囚《とら》われていただけだ。

呆然とする私に、ジェラルド殿下は『なにを言っているんだ』とばかりに眉をひそめた。

「必要ない。取り調べも裁判も必要ないほど証拠は揃っている。誰の目からもあきらかな罪を確認《かくにん》するだけの作業になんの意味がある？　時間の無駄《むだ》だ」

「そんな！」

そんなことが許されていいの⁉

「殿下！　わたくしは本当にいっさい関与《かんよ》しておりません！　どうか調査を！」

「素直《すなお》に認めるとは思っていないが……やれやれ、醜悪《しゅうあく》だな。見るに堪《た》えん。仮に貴様が本当になにもしていないのであれば、貴様の犯行を裏付ける証拠がゴロゴロ出てくるわけがないだろうが」

それはたしかにおかしいと思うわ。だからって取り調べも裁判も行わなくていいなんてことにはならないはず。

でも、いくらそんな正論を説いたところで、今のジェラルド殿下には響かないだろう。機嫌《きげん》を損《そこ》ねるだけで終わってしまうに違いないわ。

それより、せっかくこうして会話できる人が来てくれたのだから、少しでも情報を得ることに注力したほうがいい。

私は気持ちを落ち着けて、今一番知りたいことを尋《たず》ねてみた。

「あの、アルジェント公子は……お父さまとお兄さまはどうされていますか？」

「キシュタリア公爵と公子は、貴様と一緒《いっしょ》に処刑される。アルジェント公子は——」

ジェラルド殿下はそこで言葉を切ると、ふっと残酷《ざんこく》な笑《え》みを浮《う》かべた。

「すでに本日、刑《けい》が執行《しっこう》された」

「——ッ⁉」

衝撃《しょうげき》が全身を貫《つらぬ》く。

本日、刑が執行された――⁉

「どうして！　どうしてですか⁉　なぜ公子が！」

思わず鉄格子にしがみついて、叫ぶ。

「なぜ？　聖女暗殺未遂犯を庇って公務の執行を妨害《ぼうがい》しただけでは飽《あ》き足《た》らず、あの男は貴様たちを逃がす画策をした。立派な反逆罪だ」

「わたくしたちを逃がす⁉　公子がですか⁉」

「そうだ。亡命国と交《か》わした書簡や、逃亡に必要な馬車や行く先々の宿の手配をした手紙、逃走《とうそう》ルートなどの計画の詳細《しょうさい》を記した書類も押収《おうしゅう》されている。これ以上はないというほど明確な証拠が揃っている」

「……そん、な……」

私は崩れ落ちるようにその場にへたり込んだ。ジェラルド殿下は「ようやく観念したか」とせせら笑ったけれど、私はそれどころではなかった。

だって、どう考えたっておかしい。ジークヴァルドさまが処刑されるなんて。

ジークヴァルドさまはこの乙女ゲームのメイン攻略対象。彼のルートはもちろん、ほかの攻略対象のルートやＢＡＤエンドにだって彼が死ぬ展開なんてなかった。

どういうことなの？　いったいなにが起こっているの？

「まったく実に役に立ってくれたよ。貴様の罪状が聖女暗殺未遂でなければ恩赦《おんしゃ》を与《あた》えてやったんだがな」

「え……？」

一瞬、聞き間違いかと思った。

「殿《でん》、下……？　今、なんて……？」

「お前は役に立ったって言ったんだ。まさかこんな形で邪魔者を排除できるとは」

「邪魔……者……？」

え？　邪魔者って、まさか——？

「公子のこと、ですか……？　どうして！　公子は皇帝陛下の弟君——大公閣下の御子《みこ》！　殿下の従兄弟《いとこ》ではありませんか！」

「だから？」

無表情で訊き返されて、私はグッと言葉を詰まらせた。

「だから？　って……」

「皇位継承《けいしょう》権を持つ者にとって血の濃さと情はまったく関係ない。いや、関係ないことはないか。血が近ければ近いほど負の感情が強くなるからな。当然だろう？　自分の立場を脅《おびや》かす存在なんだから」

「っ……それは……！」

「叔父上《おじうえ》は皇位継承権をすでに放棄《ほうき》されているからな、アレが第二位――つまり私の次だ。聖騎士として輝かしい実績があり、神殿《しんでん》という後ろ盾《だて》もあり、なによりも聖近衛騎士団の団長として聖女の一番傍《そば》にいる。目障《めざわ》りでないはずがないだろう？」

そう言って、ジェラルド殿下が酷薄《こくはく》な笑みを浮かべた。

「本当によくやってくれたよ。礼を言ってやる」

たしかに皇位継承において、そして恋《こい》においても二人はライバルだったのかもしれない。それでも身内なのよ？　少しも悲しい思いはないの？　百歩譲《ゆず》ってそれが嘘偽《うそいつわ》りのない正直な気持ちだったとしても、それをこんなふうに口に出したあげくに嗤《わら》うなんて！

私はジェラルド殿下をにらみつけ――しかしふと目を見開いた。

これ以上はないというほど明確な証拠が揃っている？

ジークヴァルドさまに限って、そんなことがあり得るかしら？

さっき、ジェラルド殿下も『聖騎士として輝かしい実績があり』と言ったわ。

そのとおり、ジークヴァルドさまは聖騎士としてほかに類を見ないほど優秀《ゆうしゅう》な方だ。

だからこそ若くして聖騎士団の副団長を務めていらしたし、国の至宝である聖女を守る聖近衛騎士団の団長にも任じられた。

部隊を率いて聖女や神殿の要人を警護することの多い彼が、敵の手に渡《わた》ったら致命《ちめい》的な文書を残しておくようなミスをするかしら？

いいえ、それこそ馬車や行く先々の宿の手配をした手紙、移動ルートなどを記した書類なんて頭に入れたらすぐに燃やして処分するはずよ。相手方にもそれを徹底《てってい》させるはず。

「っ……」

私はギリッと奥歯《おくば》を噛《か》み締めた。

ゲームの強制力でシナリオへ引き戻されたんじゃないわ。それだけならジークヴァルドさまが死ぬはずないもの。

私の聖女暗殺未遂でも、ジークヴァルドさまの反逆者の逃亡幇助《ほうじょ》でも、不自然なぐらい証拠が揃っている。揃い過ぎているほど。

間違いない、私もジークヴァルドさまも、何者かに陥れられたんだわ！

「……なんてことを仰《おっしゃ》るんですか」

私は怒りに震えながら、ジェラルド殿下をにらみつけた。

「そのようなこと、口にすべきではありません。聖女暗殺未遂にかこつけて殿下が公子を処分したのだと――誤解されても知りませんよ」

瞬間、ジェラルド殿下が屈辱《くつじょく》にカッと顔を赤らめる。

「ふざけるな！」と叫んで、鉄格子をガァンと蹴《け》っ飛ばした。

「貴様のような性根《しょうね》の卑《いや》しい罪人と一緒にするな！　罪を犯《おか》すなど自分を貶《おとし》めるも同じ！　誰がジークヴァルドなんぞのために堕《お》ちてなどやるものか！」

「……ですから、『誤解されても知りませんよ』と言ったではありませんか。殿下が仕組んだなんて言っていませんし、思ってもいませんよ」

「っ……貴様……！」

私の反抗的《はんこう》な態度に、ジェラルド殿下が怒りに顔を歪める。

「本当にどこまでも性根の醜《みにく》い女だな！　聖女に仇《あだ》なした罪、死でもって償《つぐな》えっ！」

吐《は》き捨てるように叫び、そのまま足音も高らかに出て行く。

激しい音を立てて重たい鉄の扉が閉まって――私は両手で顔を覆って身を折った。

「……う……」

我慢《がまん》していた涙《なみだ》がどっと溢《あふ》れてしまう。

怒りと悔《くや》しさで全身がブルブルと震える。

なにもしていないのに、どうしてこんな目に遭《あ》うの？　それも、私だけならまだしも、反逆者を出したとして一族郎党《いちぞくろうとう》処刑。そして、ジークヴァルドさままでもが犠牲《ぎせい》になってしまうなんて！

同時に、罪悪感でおかしくなってしまいそうだった。

私が死の運命を回避しようとせずにシナリオどおりにしていたら、キシュタリア一族にお咎《とが》めはなかった。お父さまもお兄さまも一族のみなも死ぬことにはならなかった。

当然、メイン攻略対象のジークヴァルドさまもだ。

「巻き込んで……ごめんな、さい……！」

処刑は明日。シナリオどおりなら夜が明けたすぐの早朝に行われる。あと数時間だ。

ここから状況《じょうきょう》をひっくり返せる可能性なんてない。逆転できるだけの材料もなければ、時間もない。協力者もいない。

仮に、ありとあらゆる奇跡《きせき》が起きてそれができたとして――それがなんになるというのだろう。もう遅《おそ》い。いまさらでしかない。だって、ジークヴァルドさまはもうこの世にはいないのだから。

これ以上ない絶望感に、目の前が真っ暗になる。

「あぁ、あ……あ、あ！」

私は床《ゆか》に突っ伏《ぶ》して、泣いた。ひたすら啼《な》いた。

怒りに震えながら。

悔しさに身を掻《か》き毟《むし》りながら。

私にはもうそうすることしかできなかったから……。


まるで、この世のすべての者が私を憎んでいるかのようだった。

「悪女を殺せ！」

怒りの叫びで満ちた処刑場は異様な熱気に包まれていた。

役人が、私の――まったく身に覚えのない罪状を高らかに読み上げる中、死刑執行人《しっこうにん》が後ろ手に縛《しば》られて膝《ひざ》をついた私の髪を乱暴につかみ、無造作《むぞうさ》に切り落とした。

「っ……」

涙が溢れそうになったけれど、歯を食《く》い縛って耐《た》える。

罪を悔《く》いて泣いているなんて誤解を、絶対にされたくなかったから。

だって私はなにもしていないもの。だから泣かない。俯《うつむ》かない。無様な姿は晒《さら》さない。

口を真一文字に結んで、まっすぐ前を見つめてそのときを待つ。

ヒロインと攻略対象を、そしてそれにかかわる人たちを徹底的に避けてきた。

家族とキシュタリア公爵家に仕える人たち以外の人間とのつきあいも、極力避けてきた。

それなのに、どうしてジークヴァルドさまは私の無実を信じてくださったのだろう？

断罪の場に駆けつけて、庇ってくださったのだろう？

知りたい。

でも、それはもう叶《かな》わない。

せめて一言、お礼を言いたかった。信じて庇ってくださり、ありがとうございましたと。

震えるほど、嬉しかったから……。

「ジークヴァルドさま……」

死刑執行人が大剣《たいけん》を振り上げる。

私は静かに目を閉じた――。


小鳥たちの楽しげな歌が聞こえる。

それに誘《さそ》われるように、ゆっくりと意識が浮上する。

私はゆっくりと目を開けた。

「…………」

ぼんやりと天井《てんじょう》を見つめる。

脳みその動きが悪い。たっぷり五分ぼーっとして――ようやくなにかがおかしいことに気づく。

あれ……？　なんで私、目を開けてるの？　私、死んだはずよね？　処刑されたもの。

うん、死んだ死んだ。え……？　じゃあ、なんで私、意識があるの？

「いや、おかしいでしょ！」

思いっきりツッコみながら、私は勢いよく起き上がった。

そして、周りをぐるりと見回して、息をのむ。

「嘘……」

淡《あわ》い紫《むらさき》色の壁《かべ》に、分厚い紫のカーテンがかかったアーチ形の大きな掃《は》き出し窓。

その傍《かたわ》らには、カブリオールレッグの曲線がなんとも優美な白いティーテーブルセット。

パルメット文様が美しい落ち着いた紫の絨毯《じゅうたん》。細かい彫刻《ちょうこく》が施《ほどこ》されたマントルピース。

マントルピースの前には姫可愛《ひめかわい》いロココ調の白いセンターテーブルと、白いフレームとレッグの装飾《そうしょく》が可愛らしい、淡い紫色のソファーとカウチソファー。

視線をさらに巡らせれば、レトロな形で金の装飾が美しいライティングビューローに、エレガントなオーバルミラーの鏡台と猫足《ねこあし》のスツール。こちらも姫可愛いデザインだ。

天井には煌めくクリスタルの大きなシャンデリア。

そして私が寝《ね》ていたのは、キシュタリア公爵家の紋章《もんしょう》が彫刻された高いヘッドボードが印象的なクイーンサイズのベッド。

一つとして『はじめまして』の物はない。見慣れた私の部屋だ。

夢？　いや、違う。

「…………」

私は震えながら、枕《まくら》の横にちょこんと置かれているクマのぬいぐるみを見つめた。

これは、二十二歳の私の部屋にはない物だ。

私は――これを手放した日のことをよく覚えている。

アラサーでヲタクだったころの記憶《きおく》がよみがえって、私が大人気乙女ゲーム『白百合のナイツオブブラウンズ』の悪役令嬢、アデライード・ディ・キシュタリアに転生したことに気がついた――その翌日のことだったから。

「まさか……！」

私はベッドを飛び出し、鏡台に駆け寄った。

「――ッ！」

鏡に映ったのは、腰《こし》まであるふわふわと波打つ白銀の髪に宵闇《よいやみ》色の零《こぼ》れ落ちそうなほど大きな瞳《ひとみ》。なめらかで抜けるように白い肌《はだ》。桜色の頬《ほお》に、艶《あで》やかで甘い薔薇《ばら》色の唇《くちびる》をした目を瞠《みは》るほどの美人――。

ゲームで見たままの悪役令嬢、アデライード・ディ・キシュタリア。

つまり、十七歳の『私』だった。

「そんな……嘘でしょ……？」

戻ったって言うの？　十七歳――ゲーム開始時に？

私は鏡を覗き込んだまま、頭を抱《かか》えた。

ま、まさか二周目――!?

「じょ、冗談《じょうだん》じゃないんだけど……！」

なんであのまま死なせてくれなかったのよーっ！

もちろん死にたかったわけじゃない。でも、必ず破滅し死を迎えると結末が決まってる人生をもう一度やり直したいわけないじゃない！

私はふらふらとソファーに歩み寄り、頽《くずお》れるように腰を下ろした。

ここは大人気乙女ゲーム『白百合のナイツオブラウンズ』の世界。

パソコンやスマホで楽しむこのゲームはアーサー王伝説がモチーフで、主人公は覚醒《かくせい》して聖剣《せいけん》を身に宿した聖女。彼女がスペシャルなイケメンたちと恋をして、この世界を救うという内容だ。

悪役令嬢のアデライード・ディ・キシュタリア公爵令嬢は、伯爵令嬢ながら聖女として世界が傅く唯一無二《ゆいいつむに》の存在となったヒロインにひどく嫉妬し、どのルートでも彼女を苛め抜いた挙句に暗殺を企てる。

実際に実行に移して失敗し、暗殺未遂の罪で断罪され処刑されるのがジェラルド殿下と第一騎士団長ヴォルフルート。

計画段階で聖女の命を狙《ねら》う悪の組織に目をつけられ、利用されたあげくに殺されるのが神官アンリルート。

そして——悪の組織が目覚めさせた邪悪《じゃあく》なる破壊《はかい》神に食い殺されるのが、聖騎士ジークヴァルドルートだ。

「破壊神に食い殺されるって……。そりゃ暗殺を企てたのは悪いけども、それにしたって悲惨《ひさん》過ぎるでしょ……」

いや、悲惨さで言ったら一回目だって負けてないわ。私は暗殺なんて企てなかったもの。無実の罪で斬首《ざんしゅ》って……。しかも死ぬ運命にない人を道連れにしてしまったんだから。

私はぶるりと身を震わせた。

「二度と嫌っ……！」

あんな死に方、二度としたくない。

ぎゅっと自分自身を抱き締め、乱れてしまった気持ちを再度落ち着ける。

一回目――私がシナリオどおりの結末を迎えないためにやったことは、ヒロインと攻略対象、ゲームに登場した彼女らに近しいモブを徹底的に避けることだった。ゲーム内でアデライードがした悪事や起こしたトラブルを思い出せるかぎり書き出して、それが起きた場所には極力近づかないようにもした。

シナリオに展開を戻そうとするゲームの強制力によりなにかしら起こってしまうことも防ぎたくて、そもそも社交活動自体も最小限にしたわ。

そのうえで、極力家族とは仲良くするよう努めた。勘当《かんどう》されるのは嫌だったから。

あと私がやったことと言えば――そうやって人を避けて社交活動を最小限にしたら当然おうち時間が劇的に増えたから、生活を快適にするために前世の知識を使ってたくさんの生活魔導具《まどうぐ》を開発したわ。あ、生活魔導具っていうのは要は生活家電よ。動力が電気じゃなくて魔力・魔法ってだけ。

それ以外にも、自分がほしいものや食べたいものなど、いろいろ提案して商品化したりしたわ。そこは結構精力的に。あ。でも、お金や商売絡《がら》みのトラブルも怖《こわ》いじゃない？　だから、正体は隠《かく》してやっていたかな。

「一応、どれも効果はあったのよね」

ヒロインと攻略対象、そのほかゲームに登場する彼らに近しいモブとの接触を徹底的に避けたうえで社交も最小限にしたから、シナリオに描かれている彼女たちとのトラブルはほとんど起きなかった。

家族と仲良くするよう努めたから、遅《おく》れてやってきた断罪時に……これはよかったのかどうかはわからないけれど、お父さまもお兄さまも私を信じてくれて、最後まで見捨てず、勘当もしなかった。

生活魔導具の開発や、そのほかさまざまなものを提案・商品化したことにかんしては、実はその中に大ヒットを飛ばした物がいくつもあって、私はしっかり一財産築いたのよね。

その手腕《しゅわん》を、キシュタリア公爵家に仕えるみんなも認めてくれて、彼らとの関係もすごくよくなっていたわ。

そうして――私は死ぬはずだった十八歳を無事にやり過ごし、二十二歳まで生きられた。

とはいえ、結局私は処刑されたし、なんなら死ぬはずではない人たちまで捕らえられて処刑されてしまったから、シナリオどおりより悲惨さマシマシなエンドだったけれど——

でもだからこそ、これだけは確実に言えるわ。

「私の行動次第《しだい》で未来は変わる……！」

じゃあ、どうすればいい？　悲惨な死を回避するためには？

うーんと考え込んだそのとき、コンコンコンと控《ひか》えめなノックの音が響く。

ハッとして顔を上げた瞬間、「失礼いたします」という声とともにドアが開いた。

「えっ……？」

入ってきたトンボ眼鏡におかっぱ頭のメイド——シェスカが、ソファーに座る私を見て驚《おどろ》きの声を上げる。

そして、そのままみるみるうちに顔を青くすると、ガバッと勢いよく頭を下げた。

「も、申し訳ありません！　遅くなりました！」

「え？」

私はマントルピースの上の置時計を見た。時計の針は九時を示している。

「いえ、遅れていないわよ？　時間ピッタリ」

「で、でも、お嬢《じょう》さまをお待たせしてしまいました……」

シェスカが頭を上げることなく、ブルブル震えながらか細い声で言う。

「……？」

なに？　なんでこんなに怯《おび》えているの？

シェスカは私付きのメイドだ。いつも笑顔《えがお》の明るい子。そのポジティブさに私はずっと助けられてきたわ。素直で正直者で誠実。紅茶と美味《おい》しいものと可愛いものが大好きで、私とは趣味《しゅみ》が合う。

年齢も一つしか違わないし、ずっと仲良くしてきたのに、なんで――。

そこまで考えて、私は大きく目を見開いた。

違う。それは『一回目』の話だわ。

そうか、まだ『二回目』ははじまったばかり。まだ誰とも新たな関係を構築していない。

今の私は、ゲームの設定どおり、我儘《わがまま》放題の暴君――悪役令嬢のアデライード・ディ・キシュタリアなんだ。

「っ……」

胸がぎゅうっと締めつけられる。私は唇を噛んで俯いた。

私を心から慕《した》ってくれていたシェスカはもういないんだ……。

もちろん、二度と会えないわけじゃない。シェスカ自身は生きてここにいるんだもの。

また一からいい関係を作ればいい話なんだけど……でもやっぱりちょっと切ないな……。

「……シェスカ」

今のシェスカは私付きではない。まだこの屋敷《やしき》に来て半年の新人だ。アデライードとは今が初対面のはず。

一回目でもそうだった。前日にアデライードはささいなことで癇癪《かんしゃく》を起こしてお付きのメイドをこっぴどく折檻《せっかん》して追い出しているの。あ、もちろんやったのは私じゃないよ？　前日だから、私の意識が戻る前の悪役令嬢・アデライードの所業。

プライドがエベレスト級に高く、選民意識も強い。自己中心的で我儘は災害級。地雷《じらい》がどこに埋《う》まっているかわかったもんじゃない気分屋の暴君・アデライードの世話なんて、誰もやりたがらない。だから新人のシェスカってわけ。つまり押し付けられちゃったのよ。

私は彼女を安心させるために、まっすぐ目を見つめてからにっこりと笑った。

「繰り返すけれど、ちゃんと時間どおりよ。遅れていないんだから、怒《おこ》ったりしないわ」

「え……？　で、でも……」

「待つことになったのは、私がいつもより早く目を覚ましたからよ。つまり、待ったのは私のせい。シェスカにはなにも責任はないわ」

その言葉に、シェスカが戸惑《とまど》った様子で視線を揺《ゆ》らす。――うん、気持ちはわかるよ。悪役令嬢のアデライードなら、ここは怒鳴《どな》り散らしてる場面だもんね。

でも、私は悪役令嬢のアデライードとは違うから。人見知りのヲタクで引っ込み思案《じあん》で、ビビりで空気を読み過ぎて気を遣《つか》い過ぎるあまり、ものすごーく自己主張が苦手なタイプ。

我儘なんて言えない。頼《たの》みごとをすることすら苦手。怒ったり、怒鳴ったりもできない。心の中では叫んでいても言葉にならない。言葉より先に涙が出てしまうようなヘタレなの。

そんな私を――また知ってもらうところからはじめたいな。

私、もう一度シェスカと仲良くなりたいよ。

「モーニングティーはなぁに？」

再度にっこりと笑って尋ねると、シェスカはあたふたと傍らのワゴンを見た。

「あ……え、ええと、カーディナル産のお紅茶をご用意いたしました」

「ストレート？」

「は、はい。お嬢さまはミルクも砂糖もお使いにならないと……違いましたか？」

うん、悪役令嬢のアデライードはそう。体型を気にして、甘いものは摂《と》らない。

でも、私は違う。シェスカが淹《い》れてくれるミルクティーが大好きなの。

「ありがとう。カップに注いだら下がっていいわ」

「え……？　あ……かしこまりました」

お礼を言われたことに一瞬戸惑ったように視線を揺らすも、素早くモーニングティーの準備してくれる。

「申し訳ないけれど、朝食はいらないと料理長に伝えてちょうだい。あと昼食まで一人にしてもらえるかしら」

「は、はい。かしこまりました」

「よかったら、明日もシェスカがモーニングティーを持って来て。できれば、シェスカの故郷の、茶葉をミルクで煮出《にだ》すタイプのミルクティーをお願い。蜂蜜《はちみつ》入りの」

「えっ⁉　わ、私の故郷をご存じなんですか⁉」

「ええ、帝国《ていこく》の西の最果て——ベレンティー辺境伯《へんきょうはく》領と聞いているわ。ね、駄目《だめ》かしら？　すごく美味しいそうじゃない？」

胸の前で両手を合わせると、シェスカが慌てた様子で首を横に振った。

「だ、駄目だなんて！　た、ただ、高級な茶葉を煮出したりしていいものかどうか……」

「ああ、BGティーでいいわ。シェスカがいつも飲んでいるのはそれよね？」

「ええっ⁉　安い大衆茶ですよ⁉　いいのですか⁉　って言うか、なんで知って……」

知っているわ。茶葉の等級が一番低いダストだからこそ、お茶の味が濃《こ》く、強く出る。ミルクたっぷりでも、蜂蜜を使っていても、紅茶の味が負けない。

茶葉の等級が一番低いといっても、それは『大きさ』と『見た目』の話であって、紅茶自体の品質の良し悪《あ》しを問うものじゃないの。それでも、安いからか貴族は避けがちだ。大衆茶と言って蔑《さげす》む者までいる。悪役令嬢アデライードはまさにそのタイプ。

「ええ、それでお願い」

「か、かしこまりました……」

「あ、最後に」

私は呆然としたまま頷《うなず》いたシェスカに尋ねた。

「今日は何年の何月何日かしら？」

「え……？　新暦《しんれき》八七三年の五月二十日ですが……」

「そう」

目覚めた日は一回目と同じようね。

『白百合のナイツオブラウンズ』のオープニング――主人公が聖女として覚醒するのも、新暦八七三年の五月二十日。

「ありがとう。下がっていいわ」

「は、はい……」

ドアが閉まるのを待って、私はシェスカが用意してくれた紅茶を口に運んだ。

「……美味しい……」

すごく美味しいけれど、やっぱりこれじゃないって思ってしまう。

私が飲みたいのはこれじゃない。シェスカのミルクティーが飲みたい。

一回目の人生のシェスカを懐《なつ》かしがるのは、今のシェスカに失礼にあたるかもしれないけれど……。でも今、あのシェスカに会いたくてたまらない。

「っ……」

涙が溢れそうになってしまって、私は慌てて頭を振った。

感傷に浸《ひた》っている暇《ひま》なんてないわ！　もうどうにもならないことを嘆《なげ》くのもなし！

そんなことをしたって悲惨な死を回避できるわけじゃないんだもの！

「考えるのよ。どうすれば運命を変えられるのか」

一回目も、運命自体は変わったのよね。悪いほうにだけれど。

「でも、いいこともあったわ。それまでに絆《きずな》を深めていたからか、お父さまやお兄さま、使用人のみなは私の無実を信じてくれた。そして――」

脳裏《のうり》にジークヴァルドさまの姿が浮かぶ。

「ジークヴァルドさまも、私を庇ってくださった……」

もちろん、そのせいでお父さまもお兄さまもジークヴァルドさまも処刑されてしまって、それはいいことどころかこれ以上ないってほど最悪の結果なんだけど。

でも、ゲームではどのルートでも家族からは見放され、国中から憎まれるのに、そうはならなかった。信じて、庇ってくれた人たちがいた。そしてきっと私の死に泣いてくれた人もいたと思う。それこそシェスカと料理長は絶対に大泣きしてくれたはず。

最終結果は最悪でも、そこは間違いなくいい変化だったと私は思う。

私は立ち上がった。あれこれ思考を巡らせながら、ウロウロと部屋の中を歩き回る。

「一回目、運命は変わった……。結果は最悪だったけれど、いい変化もあった……」

ということは、二回目は一回目とまったく違うことをやるよりも一回目にやったことをベースに一部の行動を変えるほうがいいんじゃないかしら？

「とすると……」

まずは、今回も極力家族とは仲良くするよう努める。使用人たちともいい関係を築く。

生活魔導具の開発、そのほかさまざまなものの提案・商品化も続ける。

あれらを手掛《てが》けているのが私だと知る人たちの間で私の評価はずいぶんと変わったし、実際にそれで築いた財産も大いに役に立ったもの。

ただ、今回は正体を隠さずにやるのはどうかしら。トラブルも生むかもしれないけれど、私を見る目は確実に変わると思う。

ジークヴァルドさまがなぜ私を庇ってくださったのかはわからないけれど、少なくともお父さまとお兄さまが信じてくれたのは、設定やシナリオを無視して仲良くなったからよ。

仮にあのとき、お父さまやお兄さま、ジークヴァルドさまだけじゃなくたくさんの人に『キシュタリア公爵令嬢が聖女暗殺などするわけがない』と思ってもらえていたら？

少なくとも、取り調べも裁判も行われず即《そく》処刑なんてことがまかり通ることはなかったんじゃないかしら。

ギリッと奥歯を噛み締める。

そうよ。私は一回目、世間的なアデライードの印象や評価をいっさい気にしなかった。

ヒロインや攻略対象たち、彼女たちに近しいモブたちとのかかわりを、トラブルを避けることにのみ注力し、社交も最小限にしてしまった。

だから――アデライードは悪名高い令嬢のまま。

聖女暗殺未遂の嫌疑がかけられたとき、あの場の誰もが思ったはずだわ。キシュタリア公爵令嬢ならやりかねないって。

それは私に隙があったということ。そこにつけ込まれてしまった。

あのとき、私の無実を信じてくれる人がもっといたら、取り調べも裁判もきちんと行われたかもしれない。

そうしたら、揃い過ぎなほど揃い過ぎていた証拠が捏造されたものであることが暴けたかもしれない。

そこから、私を陥れようとした輩《やから》を見つけ出すこともできたかもしれない。

そうすれば、私もお父さまもお兄さまも、ジークヴァルドさまも、死なずに済んだかもしれない。

すべては『かもしれない』だ。

でも、今の私にとって『可能性』は『希望』だわ。

「じゃあ『ヒロインと攻略対象、そのほかゲームに登場する彼らに近しいモブとの接触を徹底的に避けたうえで社交も最小限にする』のをやめる」

今回は、『絆を結ぶこと』と『悪評を払拭《ふっしょく》すること』に全力を尽《つ》くす。

もちろん、積極的にかかわれば、シナリオどおりか否《いな》かにかかわらずトラブルが起きる可能性は上がるし、実際起きると思う。でも、それを怖がらない。トラブルが起きたら、全力で誤解を解いて、謝って、わかってもらえばいいだけよ。

「大事なのはヒロインよね」

攻略対象全員と仲良くなる必要はないと思うわ。ヒロインの心さえつかんでしまえば、おのずと攻略対象たちの中のアデライードの印象も変わるはずだから。

私はグッと両手を握《にぎ》り締めた。

「一回目は徹底的に避けたけれど、今回は徹底的に懐柔《かいじゅう》する！」

そして、ジークヴァルドさまよ。

今世でも、私を信じてほしい。私の味方になってほしい。

たしかに、そのせいでジークヴァルドさまは処刑されてしまったけれど——でも本当に震えるほど嬉しかったの。思い出すだけで、胸が熱くなる……。

だから、あらためてちゃんと絆を結びたい。

それに、一回目の結末を知っている私が傍にいれば、二回目は守れるかもしれない。

いいえ、守るわ。

二度と、反逆者の汚名《おめい》なんて着させない。処刑なんてもってのほかよ。

「ジークヴァルドさまとお近づきになりたいのだけれど……」

だって、ジークヴァルドさまの部屋に偽《にせ》の反逆の証拠を仕込むことができるんだから、ジークヴァルドさまを陥れた輩は彼のすぐ近くにいるはず。その裏切り者を見つけるにも、彼を守るにも、傍にいたほうがやりやすいのは間違いないわ。

でも、高位貴族ともなると、その『お近づきになる』が、本人同士の意志だけで気軽にできることではないのよね。どうしても家門間の関係や政治的な背景がかかわってくる。最初は本音を口にすることすらままならないと思うわ。互《たが》いの言葉や行動の裏を探《さぐ》ることからはじめなくてはならない。婚約者《こんやく》のいない年ごろの令嬢令息となればなおさら。

それならむしろ逆に家門を巻き込んで政略結婚《けっこん》するほうが手っ取り早いぐらいよ。

私は深いため息をついたものの、ふともう一度その言葉を口にした。

「結婚……？」

考えてみたら、悪くないんじゃないかしら？

いいえ、悪くないどころかキシュタリア公爵家のみなやジークヴァルドさまを守るには、これ以上はない最善の一手じゃないかしら？

だって、私たちが結婚してアルジェント大公家とキシュタリア公爵家が縁戚《えんせき》になれば、家門ごと協力態勢を取れる。どんな不測の事態にも対処がしやすくなるじゃない。

「いいわね！　結婚！　ジークヴァルドさまと結婚するには……」

そこまで言って、ハッとする。

かぁーっと一気に顔が熱くなって、私は両頬《りょうほお》を手で包み込んだ。

いやいやいや！　なななに言ってるのよ、私ったら！　けけけけけ結婚だなんて！

そ、そんなのは、戦略的にすることじゃないでしょ！　こ、心が通じ合った恋人《こいびと》同士がするものよ！

……あ、いや、そんなことなかった。貴族の令嬢なら政略結婚なんて当たり前。むしろ恋愛《れんあい》結婚のほうが珍《めずら》しいぐらい。

いやいや、でも！　私、中身は二十一世紀の日本でヲタクやってた――とくに突出《とっしゅつ》したなにかがあるわけでもない平凡《へいぼん》な女だった。父は普通《ふつう》のサラリーマンで、母は専業主婦。ごく一般《いっぱん》的な平凡な家庭で、波乱万丈《はらんばんじょう》とは程遠《ほどとお》い平凡な人生を送っていたもの。

ある日気がついたらゲームの悪役令嬢に転生していたっていうのが、私の唯一《ゆいいつ》の非凡《ひぼん》。

だから、政略結婚なんてもちろん縁《えん》がないもの。私の常識では、結婚は深く想《おも》い合った二人が、死が二人を分かつまで一緒にいるためにするもので……。

もちろん、結婚相手がジークヴァルドさまじゃ嫌ってことじゃないのよ？　むしろ恋をするなら、結婚するなら、彼のような人がいいって思ってるぐらいよ。

でも、私はよくてもジークヴァルドさまのほうにそんなつもりはないだろうし――って、待って？　私、いったい誰に言い訳してるんだろう？

私は真っ赤になってしまった顔を両手で隠して、その場にしゃがみ込んだ。

「……ジークヴァルドさまと結婚……できたら最高よね……」

あの方の傍にいられたら、今度こそ幸せになれる気がする……。

でも、政略結婚は駄目。私の死の運命を回避したうえで、ジークヴァルドさまやキシュタリア公爵家のみなには生きて幸せになってもらわなくちゃ意味がないもの。

だから、ジークヴァルドさまには心から愛する人と結婚してほしい。

もちろん、私自身もそうしたい。

「恋を……していただけないかしら……?」

ドキドキと心臓が高鳴る。

実は、一回目ではなく前世――アラサーでヲタクな私は、ジークヴァルドさまが最推《お》しだった。乙女ゲーム『白百合のナイツオブブラウンズ』の攻略対象の中でって話ではないわ。目にしたすべてのエンターテインメントにおいて、ジークヴァルドさまが最推しだった。

まさに私の理想そのものだったジークヴァルドさま。

私のことを好きになってもらえないかしら……?

ジークヴァルドさまを二度と死なせたくないの。

お守りしたいの。

誰よりも幸せになっていただきたいのよ。

だから、お傍に置いていただきたい。

私に恋していただきたい。

「……よし！　決めたわ」

それが望む結末を迎えるのに最善だって思うなら、目指すべきよ。

今回は、ヒロインを全力で懐柔する。

そして、ジークヴァルドさまに恋していただくわ。

だって、ここは乙女ゲームの世界だもの。

奇跡を起こすのは、いつだって恋のパワー。

定められた運命を覆《くつがえ》すなんて荒技《あらわざ》を成せるのは、やっぱり恋でしょう！

「そうと決まれば」

私は勢いよく立ち上がった。

今夜は皇宮《こうぐう》で夜会が開催《かいさい》される。

そしてその最中、主人公が聖女として覚醒する――それがこの物語《ゲーム》のはじまり。

一回目は、はじめての転生で混乱していたのもあって、夜会には参加しなかったけれど、
積極的にヒロインとかかわっていくなら、今回は出席しなきゃ。

「ジークヴァルドさまも参加されるはずだし……」

その名前を口にするだけで、トクンと心臓が跳《は》ねる。

ジークヴァルドさまに会いたい……。

今の彼は、厳密には私を信じて庇ってくれたジークヴァルドさまとは違う。謝ることも、お礼を言うこともできないけれど——それでも会いたい！

私はそっと両手で高鳴る胸を押さえた。

「ジークヴァルドさま……」


あまりの人の多さ、その煌びやかさに目がチカチカする。

一通りの挨拶《あいさつ》を終えて、私は隣《となり》のお兄さまを見上げた。

「お兄さま。私、ほかにも挨拶をしたい方が……」

「え？　あ、ああ！　そ、そうか……」

お兄さまが落ち着かない様子で視線を泳がせ、取り繕《つくろ》うように笑う。顔色が悪い。

お兄さま——リュディガー・ディ・キシュタリア。

アデライードの八歳上で、現在二十五歳。アデライードと同じく白銀の髪に宵闇色の瞳。

アデライードに似たイケメンだけれど、雰囲気《ふんいき》は真逆と言ってもいい。とても穏《おだ》やかで優《やさ》しそうで、真面目で誠実が服を着て歩いているような感じ。

シェスカと同じく一回目で築き上げた関係性はなかったことになってしまっているから、今のお兄さまにとって私は『いつ爆発《ばくはつ》して暴君と化すかわからない爆弾《ばくだん》のような妹』――。ビクビクと顔色を窺《うかが》うような仕草は、とても悲しくて切ない。

「じゃ、じゃあ、またあとで声をかけてくれるかな……？」

「はい」

またあの泣きたくなるほど優しい笑顔を見せてもらえるように、関係を紡ぎ直さないと。

私は無理にでもにっこりと笑って軽く頭を下げ、素早く身を翻《ひるがえ》した。

そのまま、『白百合のナイツオブラウンズ』のオープニングムービーを思い出しながら、まっすぐホールから出る。

聖女が覚醒したとき、一瞬映るジークヴァルドさまはたしか――……。

「薔薇……庭園！」

そうだ。銀色に輝く月と色とりどりの薔薇が印象的な背景だった。

私は廊下《ろうか》を走り抜け、月とランプの灯《あか》りでライトアップされた美しい庭園に駆け込んだ。

赤、ピンク、紫、オレンジ、黄、緑、白――さまざまな種類の薔薇が盛《さか》りと咲《さ》いている。

そのむせかえるような甘い香りに、クラクラする。

香りを振り払《はら》うように薔薇たちの間を縫《ぬ》う煉瓦《れんが》の小道を走り抜け、私はハッとして足を止めた。

「ジークヴァルドさま……」

色とりどりの薔薇に囲まれたメルヘンチックな白いガゼボ。

月明かりに照らされたそこに、彼――ジークヴァルド・レダ・アルジェント公子はいた。

「っ……」

ドクンと大きな音を立てて心臓が跳ねる。

ああ、ジークヴァルドさまだ……！

記憶の中の彼よりも少しだけ若いけれど、違いといえばそれだけ。

月を見つめる静かな眼差《まなざ》しは、あのときとなにも変わっていない。

「……！」

私の視線を感じたのか、ジークヴァルドさまがふとこちらを振り返る。

アメジストの瞳が、わずかに見開かれた。

「アデライード・ディ・キシュタリア公爵令嬢？」

「っ……」

苦しいほど胸が熱くなり、心臓が早鐘《はやがね》を打つ。

あのときの驚きと、震えるほどの喜びがまざまざと蘇《よみがえ》る。

そして、あなたの死を知ったときの絶望も。

「ジークヴァルドさま……！」

私は彼を見つめたまま、ゆっくりと歩を進めた。

運命を変えたい！

いいえ、変えるだけじゃ駄目だわ。一回目だって、それ自体は達成できていたもの。

悲惨な死の結末から逃れたい。

大切な人たちを守りたい。

だから、そのためにも——。

「ジークヴァルドさま！」

私を見つめるアメジストの輝きに見惚《みと》れながら、私は彼の前に立った。

そのためにも、あなたの力が必要です。

だから、ジークヴァルドさま。どうか、どうか——。

「どうか、わたくしに恋してください！」

逸《はや》る気持ちのまま叫んでしまって——私は思わず目を見開いた。

ええっ⁉　ちょ、ちょっと待って！　なんかいろいろすっ飛ばしたよ⁉

い、いや、たしかに、彼に好いてもらいたい！　私自身の破滅回避と彼とキシュタリア公爵家のみなを助けるために、彼との間に強い絆を結びたいと思ってるんだけど……！

で、でも、そんなこと、ジークヴァルドさまはまったく知らないわけで！

「……は……？」

ジークヴァルドさまも驚いた様子で目を瞬《まばた》く。

ざぁっと全身から一気に血の気が引いた。

さ、先走り過ぎた――！

そそそれに、好いてもらいたいからって、「恋してください！」なんてあまりにも直接的過ぎない？　恋愛なんて頼んでどうにかなるものじゃないじゃないの！　言われたほうも困惑《こんわく》するしかないわ！　実際、ジークヴァルドさまも黙ってしまわれたし！

「ええと……これは、その……。わたくしは……」

冷汗《ひやあせ》が背中を濡らしてゆく。私は内心頭を抱えた。

や、やってしまったーっ！

第二章　好きになってもらうにはどうしたらいいですか？

ジークヴァルドさまが言葉を失ったまま私を見つめている。

私は慌《あわ》てて両手を振《ふ》った。

「あああああの！　違《ちが》うんです！　い、いいえ、違わないんですけど！　わたくしに恋《こい》をしていただきたいんですけど！　でも、その……なんていうか……！」

あぁあぁあぁ……。言えば言うほど、事態を悪化させている気がするわ。

「ええと、だから……その……つまり……」

なんとか取り繕《つくろ》おうとしていた——そのときだった。

突然《とつぜん》、ドンッという大きな音とともに地面が下から突《つ》き上げられたかのように揺《ゆ》れる。

「！」

「きゃあっ！」

思わず悲鳴を上げると同時に、ジークヴァルドさまが私の手を素早《すばや》くつかんで引き寄せ、そのまま地面にしゃがみ込む。

力強くたくましい腕《うで》に抱《だ》かれて、心臓がドキンと大きな音を立てた。

ああ、この方は、どうして今回もまたなんのかかわりもない、思い入れのない相手《わたし》を、まるで当たり前のように守ってくれるのかしら？

あのときのことを思い出して、胸が熱く震《ふる》える。

涙《なみだ》を堪《こら》えて奥歯《おくば》を噛《か》み締《し》めた瞬間《しゅんかん》、西のほうが昼間のように明るくなる。

「なんだ？　あの光は……」

ジークヴァルドさまが呆然《ぼうぜん》と呟《つぶや》く。私は顔を上げた。

帝都《ていと》の西の端《はし》――すさまじい光の柱が天を貫《つらぬ》いている。その光は遠く離《はな》れたこの皇宮《こうぐう》を、いえ、帝都全体を明るく照らすほどのもの。

あれは、聖女覚醒《かくせい》の光。

「……ゲームがはじまった……」

「え？」

「いえ、なんでもな……っ……」

怪訝《けげん》そうな声に慌ててジークヴァルドさまへと視線を戻《もど》して――彼のアメジストの瞳《ひとみ》が思いがけず至近距離《きょり》にあって、心臓がさっきよりも大きな音を立てて跳《は》ねる。

ああ、なんて……心が綺麗《きれい》な人は目も綺麗だわ。

冷徹《れいてつ》な人だと――『氷の公子さま』なんて呼ばれているけれど、一回目も今も好きでも、な、い、いいアデライードのことを守ろうとしてくれるぐらい、優《やさ》しい人……。

絶対に死なせたくない。

ジークヴァルドさまのことを思うなら、私は近づくべきではないんだと思う。

でも……ごめんなさい。破滅回避《はめつかいひ》を諦《あきら》めることもできないの。全力を尽《つ》くしますから、
私にできることはなんでもしますから、そして悲惨《ひさん》な結末も絶対に回避してみせますから、
どうか私を好きになってほしい。結婚《けっこん》してほしい。

「キシュタリア公爵令嬢《こうしゃくれいじょう》？」

ジークヴァルドさまがわずかに眉《まゆ》をひそめる。怪訝そうなお顔まで美しい。

あれ？　体温や息遣《いきづか》いまで感じるこの距離の近さ……。これってチャンスなのでは？

誘惑《ゆうわく》できるのでは？

ん？　でも待って？　誘惑とは？　具体的にどうすればいいの？

「ええと……？」

「どこか痛いところでもありますか？」

表情はほとんど変わらなかったけれど、再度尋《たず》ねてくださる。私は慌てて立ち上がった。

「ああ、いえ！　痛いところはありません！　大丈夫《だいじょうぶ》です！」

そうよ、誘惑はあと！　なにをドギマギしちゃってるの？　今は一刻を争うとき！　陛下に進言
しなくては！

「一緒《いっしょ》に来てくださいませ！　ジークヴァ……ええと、アルジェント公子！

「進言？」

「ええ！　あれは聖女覚醒の光ですわ！」

ジークヴァルドさまが息をのみ、真昼のように明るい西の空を見る。

「たしかに……伝承通りではある……」

「急ぎましょう！」

私はジークヴァルドさまとともに走り出した。

『世界が危機に瀕《ひん》しとき、初代王の聖剣《せいけん》を身に宿し聖女が降臨す。聖女が選びし者こそ、次の王。世界を救いし救世主《メシア》である——』

神殿《しんでん》で、学校で、貧しい家庭の子どもたちのための手習い所でも教わる——帝国《ていこく》の者なら誰《だれ》もが知っている、聖女伝説だ。

しかし、この一文は知っていても、実はその内容を正確に知っている者はかなり少ない。

これは一回目で気づいたことだった。ゲーム内で詳細《しょうさい》に語られているイコール、この世界の人たちの共通認識《にんしき》というわけではないみたい。

『聖女が選びし者』——この一言が、実はすごく重要なの。

王——現代における皇帝《こうてい》は、二段階の選別を受ける。

まずは第一段階。皇帝になる資質と資格を有する者は、聖女と触《ふ》れ合った際に、ナイツオブラウンズ——聖女を守る円卓《えんたく》の騎士《きし》の証《あかし》がその身体《からだ》に現れる。

そして第二段階。聖女を守る円卓の騎士の中から、聖女が選びし者――つまりは聖女が心から愛した者が皇帝になれるのだ。

要するに、天より円卓の騎士の資格が与《あた》えられない者は皇帝にもなれないのよ。

でも、さっきも言ったけれど、そこまで知っている者ばかりじゃないの。

だから男たちは、聖女に取り入ろうと――あるいは聖女を手に入れようと躍起《やっき》になる。

ヒロインの最初の危機は、覚醒直後――彼女は父親によって監禁《かんきん》される。そして父親は、暴力でもって自分を皇帝にするよう脅《おど》し、迫《せま》るのだ。

大ホールに戻ると、みんなズラリと並ぶ大きな掃《は》き出し窓の傍《そば》に集まり、西の空を貫く光の柱を見つめていた。もちろん、陛下も。

私が陛下の姿を確認《かくにん》すると同時に、光の柱がすぅっと消えてゆく。

私はジークヴァルドさまとともに陛下の前へ行き、恭《うやうや》しくカーテシーをした。

「無礼をお許しください、陛下。差し出がましくも、進言させていただきます」

皇帝陛下が怪訝そうに眉を寄せる。公爵令嬢ごときが陛下に直接お声がけをするなんて、本来ならあってはならないことだ。

でも、今は緊急《きんきゅう》事態。そして、これは聖女のために必要なことだから。

私は陛下をまっすぐ見つめて、きっぱりとそれを口にした。

「陛下、聖女が覚醒いたしました」

瞬間、大ホールにどよめきが起こる。

「あれが聖女覚醒の光だと⁉　なぜそなたにそれがわかる⁉」

「え、ええと……それは……そう！　キシュタリア公爵家に伝わる書物を読んだのです！　曽祖父《そうそふ》だったか高祖父だったか、そのあたりの方が聖女伝説について研究していらして、それで……」

苦しい言い訳かな？　だけどこれ以外思いつかない。これで納得《なっとく》していただくほかない。

我ながら下手過ぎる誤魔化《ごまか》しに冷汗《ひやあせ》を掻《か》いたけれど、状況《じょうきょう》が状況だけに陛下もそれ以上追及《ついきゅう》することはなく、「誰か！　急ぎ、神殿に確認せよ！」と鋭《するど》く命じた。

でも、その報告が上がるのを待ってはいられない。

「陛下。聖女伝説、ならびにあの有名な一文──『聖女が選びし者こそ、次の王。世界を救いし救世主《メシア》である』は帝国の民《たみ》であれば誰もが知っておりますが、詳細までは知らぬがゆえに、聖女を手に入れさえすれば皇帝になれると勘違《かんちが》いしている者も少なくありません。ですから、お触れを出していただきたいのです」

「なに？」

私の言葉に、陛下が眉を寄せる。

「そうではないと申すか」

「ええ、違います」

私は大きく頷《うなず》き、聖女伝説の詳細をかいつまんで説明した。

「なんと！」

陛下が目を見開くとともに、大ホール内がざわめく。

「ですから、陛下。ナイツオブラウンズの証が現れていないのに、聖女に不用意に触れた者、聖女の意志に反して無体を強《し》いた者は厳罰《げんばつ》に処すというお触れをお出しください」

評判の悪い公爵令嬢の言葉など、すぐには信じられないだろう。むしろ、人の上に立つ御方《おかた》が簡単に信じてはいけないわ。でも――。

「わたくしの言葉に疑いあらば、神殿にお確かめください。しかし、今は一刻を争うとき、神殿の回答を待つ時間が惜《お》しゅうございます。この言葉が嘘《うそ》であった場合は、わたくしは死をもって償《つぐな》います。ですからどうか……」

すべては、聖女のために。

しかし陛下は、みなまで言うなとばかりに、重ねてお願いをしようとした私を止めた。

「聖女の御身《おんみ》をお守りするために、先に触れを出せということだな？　あい、わかった」

「え……？」

あまりにもすんなりと話が通って、驚《おどろ》く。

予想外の反応にポカンとする私の前で、陛下は傍に来ていた宰相《さいしょう》――ウェイルズ公爵に素早く命じた。

「話は聞いておったな？　すぐに触れを！」

「はい！」

ウェイルズ公爵が部下とともに慌ただしく大ホールを飛び出してゆく。

「ジェラルド！」

「はい、父上」

ジェラルド殿下《でんか》が陛下の前へと進み出て、恭しく胸に手を当てる。

「第一騎士団、第二騎士団を率いて、聖女の捜索《そうさく》を！　速《すみ》やかにその御身を保護せよ！」

「は！」

「アルジェント公子！　聖騎士として第一騎士団に同行を命じる！」

「──承知いたしました」

すべての手配を終え、陛下は私に視線を戻した。

「そして、キシュタリア公爵令嬢。その知識が必要になるやもしれぬ。そなたも同行してくれぬか？　馬車を用意させる」

「はい、謹《つつし》んでお受けさせていただきます──ですが、陛下」

私はカーテシーを披露《ひろう》してから、小さく首を横に振った。

「事は一刻を争います。わたくしを乗せて馬を駆《か》れる騎士一人で充分《じゅうぶん》ですわ」

どうしたって、馬車だと機動力が落ちるもの。

一応、乗馬は貴族の令嬢の嗜《たしな》みとしてできるんだけど、現場に急行する騎士団についていける自信はない。そもそも乗馬を習ったのはアデライードであって、私じゃないしね。

陛下は頷いて、再びジークヴァルドさまを見た。

「そうか。ではアルジェント公子、令嬢を頼《たの》む」

「……かしこまりました」

ジークヴァルドさまが私をまっすぐ見つめて、目の前に手を差し出す。

「参りましょう、令嬢」

「はい」

聖女をお守りするために――。

私はその頼もしく大きな手に、自分のそれを重ねた。


帝都十九区、テイラー通りはたいへんな騒《さわ》ぎになっていた。

クリステル伯爵《はくしゃく》家の前にはかなりの人垣《ひとがき》ができている。ヴォルフ・デ・グラナート第一騎士団長が解散するよう声を張り上げるも、誰も動こうとしない。

ジェラルド殿下がひどく困惑《こんわく》した様子で眉を寄せた。

「まさか……本当にテイラー通りだったなんて……」

第一騎士団長と騎士たちもなんだか気まずそうに視線を交《か》わした。

実は、ジェラルド殿下も第一騎士団長も、第一・第二騎士団の騎士たちも、陛下の手前なにも言わなかったけれど、私の発言には非常に懐疑《かいぎ》的だったらしい。まぁ、わかるわ。陛下よりも彼らのほうがアデライードの悪評に詳《くわ》しいしね。

でも、あの光はそもそも尋常《じんじょう》じゃなかったし、本当に聖女が覚醒したのなら速やかに保護するべきなのはそのとおりなので、私の発言の信憑性《しんぴょう》についてあの場で議論するのは控《ひか》えたらしい。

だから、出発前に『光が上がったのは第十九区のテイラー通りあたりだと思います』とお伝えしたんだけど、ジェラルド殿下はそれには首を縦に振らなかった。

『西地区なのは間違《まち》いないだろうが、ここから見ただけで通りまでわかるはずがない』と。

そのとおりです。すべては乙女《おとめ》ゲームの知識。ヒロインの家がそこにあるからだ。

でも、私のファインプレイは、大ホールを出る前にそれを口にしたってところよ。

アデライードの言葉など信じられるわけがない。とはいえ、ここには陛下や貴族たちの目がある。一蹴《いっしゅう》するのは危険かもしれない。もしもアデライードの言葉が正しかったら？　それを無視したせいで聖女救出が遅《おく》れてしまったら？　その責任を問われるのではないか。それによって陛下や臣下に失望されるかもしれない。自分の能力に疑問を持たれるかもしれない。ジェラルド殿下はそう考えて、自身と第一騎士団（＋私とジークヴァルドさま）は十九区のテイラー通りに急行、第二騎士団は第二騎士団長指揮で、西地区をしらみつぶしに捜索するよう命令を下してくれた。

おかげで私はまっすぐここに来られたから、結果オーライ。

ただ部隊を分けたせいで、人垣を迅速《じんそく》に解散させられないのはいただけないけれど。

「ここは？」

「クリステル伯爵家ですわ」

私はジェラルド殿下に答えつつ、ジークヴァルドさまの手をお借りして馬から降りると、そのまま身を翻《ひるがえ》して走り出した。

「キシュタリア公爵令嬢!?」

「おい！　どこへ行く！」

ジークヴァルドさまとジェラルド殿下の驚きの声がしたけれど――ごめんなさい。正直待ってられないの。説明する時間も惜しい。そもそも説明しようもないし。

ええと、門から向かって左、二本目の外灯が取りつけられた石柱、その隣《となり》の飾《かざ》り柵《さく》二本。一本を握《にぎ》って左右に揺らすと、簡単に音を立てて外れる。よし、ゲームのとおりだわ。

私はもう一本も外して、その隙間《すきま》に身を滑《すべ》り込ませた。

「うっ……！」

スレンダーなヒロインはらくに通っていたけれど、アデライードは胸とお尻《しり》がつかえる。それでもなんとか隙間にぎゅうぎゅう身体を押し込み、通過。伯爵家敷地《しきち》内への侵入《しんにゅう》に成功した私は、はしたないけれどドレスを大胆《だいたん》にたくし上げて玄関《げんかん》へと全力疾走《しっそう》。このために今夜はヒールが低いパンプスを選んで履《は》いてきたんだけど、ああ、それでもやっぱり走りにくい。スニーカーがほしいわ。

玄関にたどりついて、「開けなさい！　キシュタリア公爵家です！」と重厚《じゅうこう》な扉《とびら》を叩《たた》く。まぁ、『開けなさい』とは言ったけれど、開けてもらえるまで待つ気はさらさらない。さっさとノブに手を掛《か》け、重たい観音開きの扉を開けてしまう。

「あ、あの⁉　あなたさまは……」

ドアを開けようとしていたらしき老執事《しつじ》が、私の暴挙に目を丸くする。

ごめんなさいね。例によって、今は一刻を争っているから。

私は「あとで説明するわ！」と叫《さけ》びつつ、エントランスホールを突っ切った。

「こ、困ります！」

クリステル伯爵家の老執事の声を背中で聞きながら、階段を駆け上がる。

ヒロインの部屋は二階の西端《にしはし》、北側。ああ、お願いよ！　すでに地下に連れていかれてしまってませんように！

「きゃあぁあぁっ！」

そのとき、目の前に迫った部屋から、ヒロインの悲鳴が聞こえる。ああ！　よかった！　まだ部屋にいてくれた！

私はそのままの勢いで、ヒロインの部屋に飛び込んだ。

「やめなさいっ！」

鋭い制止の声に、拳《こぶし》を振り上げていた男性――クリステル伯爵がビクッと身を震わせる。

「な、なんだ？　お前は！」

クリステル伯爵が私を見る。驚きからか、娘《むすめ》に暴力を振るう現場を見られたからなのか、その顔にはひどい動揺《どうよう》がありありと浮《う》かんでいた。

ヒロインの胸《むな》ぐらをつかんでいた手が緩《ゆる》んだのか、ヒロインがドサリと床《ゆか》に倒れ伏《ふ》す。

私は慌てて彼女に駆け寄《よ》り、傍に膝《ひざ》をついた。

「大丈夫ですか？」

「……あ……」

恐怖《きょうふ》に震え、涙に濡《ぬ》れた美しいエメラルドの瞳。繊細《せんさい》な細い眉。可愛《かわい》らしく小さな鼻に可愛らしい唇《くちびる》。今は乱れてしまっているが、絹糸のようにサラサラな長い金髪《きんぱつ》。

フィオナ・ラ・クリステル――この乙女ゲームのヒロインだ。

すでに一度殴《なぐ》られていたようで、片方の頬《ほお》が真っ赤に腫《は》れ上がってしまっている。唇の端も切ったのか血が滲《にじ》んでいて、とても痛々しい。

私はブルブルと震えているヒロインの華奢《きゃしゃ》な身体を強く抱き締めて、クリステル伯爵をギロッとにらみつけた。

身に着けているもので私が高貴な身分であることがわかったからだろう。クリステル伯爵は突然《とつぜん》踏《ふ》み込んできたことを問い詰《つ》めもせず、ただ身を震わせた。

「あ、あなたは……」

「……アデライード・ディ・キシュタリアですわ」

女の子の顔を殴るような奴《やつ》になんて名乗りたくなかったけれど、でもそういう輩《やから》にこそ権力って効《き》くのよね。

案の定、クリステル伯爵が一気に青ざめる。

「キ、キシュタリア公爵家のご令嬢⁉　な、なぜ……！」

普段《ふだん》なら、キシュタリア公爵家の令嬢に意見しようなんて考えもしないだろうけれど、欲に目がくらんでいるクリステル伯爵は、私を追い払《はら》おうと声を張り上げた。

「い、いくらキシュタリア公爵令嬢といえど、勝手に入り込んでもらっては困りますな！　お帰りください！　今、うちは取り込み中でして！　フィオナ、こちらに来なさい！」

ヒロインが怯《おび》えたように身をすくめる。

私はヒロインを抱く腕に力を込め、クリステル伯爵を見据《みす》えた。

「どれだけフィオナさんを殴っても、あなたは皇帝にはなれませんよ。クリステル伯爵」

「は？　な、なんで……あ……！」

そこで『なんで？』は、皇帝になりたいがために娘を殴ったと白状したようなものだ。

クリステル伯爵はバツが悪そうに顔を赤らめ、オタオタと視線を逸《そ》らした。

「いえ、な、なんのことだか……」

「『聖女が選びし者こそ、次の王。世界を救いし救世主《メシア》である』――夢のある言葉ですが、聖女が選びさえすれば、誰でも彼でも皇帝になれるわけではありません。ちゃんと条件が存在するんです」

「なっ⁉　じょ、条件⁉　そ、そんな話は知らな……！」

「聖女と邂逅《かいこう》した際、王の資質を持ち、聖女と並び立つに相応《ふさわ》しい者に、まずは天が証を与えるのです。その証が身に現れなかった者は、決して王には――皇帝にはなれません」

「ううう嘘だ！　でたらめを言ったって……！」

「証拠《しょうこ》が必要ですか？　すぐに示しましょう」

「しょ、証拠なんて……どうやって……」

あの足音が聞こえないの？　すぐにここに来るわ。

「こうやって」

フッと唇を綻《ほころ》ばせた瞬間、ジェラルド殿下とジークヴァルドさま、第一騎士団長率いる騎士たちが部屋に駆け込んでくる。

さぁ――ヒロインと攻略《こうりゃく》対象が出逢《であ》ったわ。

「ひっ……！　で、殿下⁉」

クリステル伯爵が短く悲鳴を上げて後ずさる。

その瞬間、白く柔《やわ》らかな光がヒロインの身体を包み込んだ。

「っ……⁉」

続いてジェラルド殿下、ジークヴァルドさま、第一騎士団長の身体も、同じ聖なる光に包まれる。やがてその光は彼らの左手へ集まってゆき――聖女の身体を包むそれが消えたときには、その甲《こう》に運命の円環《えんかん》と聖剣を象《かたど》る紋章《もんしょう》が刻まれていた。

ジェラルド殿下が紋章を見つめて、呆然と呟く。

「運命の円環に聖剣……。これが聖女をお守りするナイツオブラウンズの証か？　私は、天に選ばれた……？」

「なっ⁉　そ、そんな！」

クリステル伯爵が愕然《がくぜん》として、へなへなとその場に座り込んだ。

「ご理解いただけまして？　クリステル伯爵」

よほどショックだったらしく、クリステル伯爵は無言で項垂《うなだ》れたまま身動き一つしない。

え？　本当に皇帝になれるって思ってたの？　いやいや、娘にすら慕《した》われてない人望が壊滅《かいめつ》的な男に一国の主が務まるわけないでしょうが。夢を見るのも大概《たいがい》にしなさいよ。

呆《あき》れていると、ジェラルド殿下がヒロインの前に片膝《かたひざ》をつき、恭しく左胸に手を置く。そのまま一礼すると、その手をひどく優雅《ゆうが》な仕草で彼女の前に差し出した。

「第一皇子、ジェラルド・オーレリアン・レダ・アストルム。聖女の覚醒を心よりお慶《よろこ》び申し上げます。すぐに皇宮にお連れいたします。――ご安心ください。聖女の御身、このジェラルドが命に代えましてもお守りいたします」

「………………」

ジェラルド殿下がヒロインを熱く見つめて言うも、彼女はその手を取ろうとせず、ただ不安そうに視線を揺らしている。あらら？　これはもしかして……。

私は内心ガッツポーズをしながら、ヒロインの背中を優しくさすった。

「心細いですか？　よろしければ、わたくしの屋敷《やしき》にいらっしゃいますか？」

「え……？」

「控えよ！　キシュタリア公爵令嬢！　勝手な真似《まね》は許さん！」

「申し訳ありません。でも、聖女……フィオナさまはとても怖《こわ》い思いをされたのですもの。落ち着く時間が必要かと」

「っ……それは……そうだが……。し、しかしだな、聖女の御身の安全のためには……」

ド正論に、ジェラルド殿下がぐっと言葉を呑《の》み込み、苦虫《にがむし》を噛み潰《つぶ》したような顔をする。気持ちはわかるわ。聖女をこんな評判の悪い女と一緒にしておきたくないのよね。

でも、こちらとしても、できればここで彼女にまっすぐ皇宮に入ってほしくないの。

私はヒロインを抱き締めたまま、「ご安心ください、殿下」とにっこり笑った。

「キシュタリア公爵家ですよ？　皇宮の騎士団が引き抜《ぬ》きたくてたまらない凄腕《すごうで》の騎士が揃《そろ》っております。屋敷の守りの堅牢《けんろう》さは折り紙付きですわ」

「う……」

ジェラルド殿下と第一騎士団長が視線を泳がせる。

実際、この二人は何度か我が公爵家の騎士をこっそり引き抜こうとしたことがあるのよ。そんな不義理をしていたなんて、皇帝陛下とキシュタリア公爵にバレるのは嫌《いや》よね？　殿下。黙《だま》っていますから、ここは引き下がってくださらないかしら？

ヒロインの行動を無理に縛《しば》るつもりはなかったから、彼女が躊躇《ためら》わずジェラルド殿下の手を取ったら諦めるつもりだったけれど、そうじゃないなら絶対にうちで預かりたい！

なぜなら、クリステル伯爵家は鉄柵《てっさく》を直す余裕《よゆう》もないほど没落《ぼつらく》寸前——いえ、もう没落していると言っても過言ではない。娘を金持ちのもとに嫁《とつ》がせて急場を凌《しの》ぎたい気持ちはあっても、そのための教育にお金をかけることもできないぐらいに困窮《こんきゅう》している。

そもそもクリステル伯爵は酒とギャンブルに溺《おぼ》れ、家のことも娘のこともほったらかし。先代の時代よりわずかに残る家臣が、なんとか家を切り盛りしている——そんな状態なの。

だからヒロインは——こういう言い方はあまり好きではないけれど、貴族の令嬢としてまともな教育を受けていない。貴族の令嬢として当たり前のことができないうえ、貴族社会のマナーやエチケット、しきたりにも疎《うと》い。皇宮においての振る舞《ま》いもまったくわかっていない。

それなのに聖女——陛下ですら気を遣《つか》う尊い存在となり、チヤホヤされるわけよ。

となれば当然、それを面白《おもしろ》くないと思うアデライードみたいな連中は出てくる。

なにが言いたいかっていうと、ゲーム内でヒロインが虐《いじ》められた大きな要因の一つに、彼女の無知と教養不足があるってこと。

でも、貴族の矜持《きょうじ》を限界まで煮詰《につ》めたような、ザ・貴族令嬢なアデライードなら、その弱点を補うことができる。

何日滞在《たいざい》いただけるかわからないけれど、それでも嗤《わら》われない、蔑《さげす》まれない程度の礼儀《れいぎ》作法は叩き込むことができると思うの。

だから、ぜひともうちに来てほしい。むしろ、来てくれなくちゃ困る！

私はヒロインをまっすぐ見つめて、にっこりと笑った。

「無理強《じ》いはいたしませんが……フィオナさま、よろしければ我がキシュタリア公爵家にいらっしゃいませんか？　心を込めておもてなしをさせていただきます。ミルクティーはお好きですか？　おすすめの紅茶を淹《い》れますわ」

私のその言葉に、ようやくヒロインがほっとした様子で微笑《ほほえ》む。

「はい……。ぜひ……」

花の蕾《つぼみ》がほころぶようなその笑顔《えがお》に、私は思わず目を見開いた。

うわっ！　か……可愛い～っ！　さ、さすがはヒロイン！　顔面が超《ちょう》芸術的！

この顔を平気で殴るなんて、本当にクリステル伯爵って人の心がないんじゃないの⁉

「………」

聖女が提案を受け入れてしまったため、それ以上なにも言えなくなってしまったジェラルド殿下が、ひどく不満そうに私をにらむ。

私はそれに気づかないふりをして、第一騎士団長を見上げた。

「グラナート第一騎士団長、馬車の手配をお願いいたしますわ。そして陛下に、しばらく聖女をキシュタリア公爵家にてお預かりさせていただく旨《むね》をお伝えくださいませ。心からお仕えさせていただきますので、ご安心くださいませと」

「……承知した」

「キシュタリア公爵令嬢！　あまり勝手をするな！」

ジェラルド殿下が再びイライラした様子で叫ぶ。

「申し訳ありません、ジェラルド殿下。大丈夫です、もう終わりますわ」

私は立ち上がると、ヒロインに手を差し出した。

「立てますか？　馬車が到着《とうちゃく》するまで、別室で頬を冷やしましょう」

「あ……。は、はい、ありがとうございます……」

ヒロインがホッとした様子で微笑んで、私の手を取る。

ヒロインが自分ではなく私の手を、しかも躊躇いなく取ったことが気に入らないのか、ジェラルド殿下の眉間《みけん》の皺《しわ》がどんどん深くなってゆく。……これは早めに退散したほうがよさそうね。

ゲーム内で、クリステル伯爵家の老執事はずっとヒロインの味方で、監禁されたときも伯爵の目を盗《ぬす》んで彼女を逃《に》がすべく奮闘《ふんとう》していたわ。彼に手当てを頼もう。

「フィオナ……。本当なのか……？」

そんなことを思いながら歩き出した私たちの背を、クリステル伯爵の情けない震え声が追いかけてくる。

「本当に俺は……皇帝にはなれないのか……？」

ヒロインがグッと唇を噛み締めて俯《うつむ》く。

ああ、今の一言に、彼女がどれだけ失望したことだろう。

その横顔には、怒《いか》りや悲しみ、寂《さび》しさ、悔《くや》しさ、諦めなどがありありと浮かんでいて、しかしそれでも消えない家族への思慕《しぼ》もたしかに感じられて、とても痛々しかった。

「……たとえ、私が選びさえすれば誰でも皇帝になれたとしても、お父さまを選ぶことはありません。だって、お父さまは君主に向いていませんから」

「っ……！　お前っ……！」

クリステル伯爵がカッとした様子で叫ぶ。──いや、そういうところだと思うけど？　図星を指されて瞬間沸騰《しゅんかんふっとう》しちゃう小さい男に、誰がついて行くっていうのよ？

それより、アンタはこの子に暴力を振るったのよ？　忘れたの？

それで、最後にかける言葉がそれ？　お粗末《そまつ》にもほどがあるわ。

「……ほかに言うべきことがあるのではありませんか？　クリステル伯爵」

ギロリとにらみつけるも、クリステル伯爵の目はもう私やヒロインを映していなかった。両手で髪《かみ》をぐしゃぐしゃにしながら、己《おのれ》の不幸とこの世の不公平を呪《のろ》う言葉を吐《は》くだけ。

自分の無知は、無能は、やらかしてしまったこともすべて棚《たな》に上げて、人のせいにして生きていけたらそりゃラクよね。

でも、アンタはそうやって簡単になかったことにできても、傷つけられたほうはそうはいかない。どれだけひどい扱《あつか》いを受けても、やっぱり親だもの。まったくの赤の他人じゃないんだもの。ひどい目に遭《あ》わされたことが忘れられなくて、それでも慕う気持ちもなくならなくて、すぐには切り捨てられなくて、すごく苦しむんだから！

なんだかものすごく腹立ってきたわ。

私はヒロインの背中をトントンと叩いて「そのまま五秒だけお待ちください、フィオナさま」と言うと、ツカツカとクリステル伯爵に歩み寄った。

「……？　なんだ……？」

目の前に立ってようやく、クリステル伯爵がのろのろと顔を上げる。

私は間髪容《かんはつい》れず大きく手を振り上げ、思いっきりその頬をぶっ叩いた。

「ッ⁉」

「キシュタリア公爵令嬢⁉」

目を見開いたクリステル伯爵が床に転がって、ジェラルド殿下やジークヴァルドさま、そして騎士たちがギョッとして目を丸くする。

「い、いけません！　危害を加えては！」

「これ以上はいたしませんわ。大丈夫です」

私の手が心配だもの。

その言葉に、クリステル伯爵が飛び起きて、噛みつくように叫んだ。

「なにをするっ！」

「あなたと同じことですわ。自分がなにをしたか、思い出せまして？」

「そ、それは……」

「思いっきり殴りましたけれど、女の細腕《ほそうで》で、しかも平手ですわ。たいした痛みではないはずです。フィオナさまのお身体と心の傷はこんなものではありませんよ！」

クリステル伯爵が押し黙る。

でも、残念ながら、その表情は自分の行いを悔《く》い、反省しているようなものではなく、キシュタリア公爵家という揺るぎない身分に守られているだけの小娘《こむすめ》に説教された屈辱《くつじょく》がありありと浮かんでいた。

本当に救えない男ね。ここで少しでも反省の色が見られれば、また結果は違ったのかもしれないのに……。

私は内心ため息をついて、ヒロインの背中をそっと優しく撫《な》でた。

「行きましょう」

「フィ……フィオナ……。俺を見捨てたりしないよな……？」

「…………」

この期《ご》に及《およ》んでまだ自分の心配だけしか口にしないのね。呆れてものも言えない。

それはヒロインも同じだったのだろう。彼女は俯いたまま父親を見ようとしなかった。

「あら」

部屋を出ると、少し離れたところにあの老執事が立っており、こちらを心配そうに見つめていた。

「お、お嬢《じょう》さま……」

「セバスチャン……」

ドアの向こうからクリステル伯爵の絶望の声が聞こえる。早く離れたほうがよさそうね。

私はセバスチャンににっこりと笑いかけた。

「馬車の到着まで応接室をお借りできますかしら。あと、消毒と頬を冷やすものも」

「あ……。か、かしこまりました。こちらでございます」

老執事――セバスチャンに案内してもらい、私たちは一階の応接室に移動した。

ヒロインをソファーに座らせると同時に、セバスチャンが手当てに必要なものを取りに部屋を出ていく。

私は静かに閉まったドアを見つめて、内心頭を抱《かか》えた。

や……やってしまった～っ！

ジークヴァルドさまへの『恋してください』に引き続き、いったいなにやってんのよ⁉

ヒロインの前で父親を引っぱたくとか！

今日は迂闊《うかつ》な行動が多いわ。思いがけず二回目がはじまって冷静になり切れてないのかしら？　駄目《だめ》よ。今、この瞬間の言動が悲惨な結末に直結するかもしれないのに。

私はアタフタとヒロインの傍へ駆け寄り、勢いよく頭を下げた。

「あ、あの……フィオナさま、その……申し訳ございません。わたくし……なんと言うか、すごく勝手な真似をしてしまいました……」

「え……？」

「いくら腹が立ったとはいえ、フィオナさまのお父さまにあのような真似を……」

モゴモゴと説明すると、ヒロインが「ああ」と笑って、首を横に振った。

「いいえ、謝らないでください。実は、ちょっとスッキリしたって言うか……。むしろ、嬉《うれ》しかったんです。ありがとうございます」

「でも……」

「いえ、本当に。大丈夫ですから」

ヒロインが、気にしないでくださいと笑って手を振る。

でも、その唇は色を失い、しっかり震えている。

そんな姿がなんとも痛々しくて、私は唇を噛みしめた。

無理して笑わないでほしい。もうそんなことする必要はないの。

悲しかったって、嫌だったって、苦しかったって、怖かったって、言っていいの。

言っても大丈夫になったんだよ。もう怒《おこ》ったり殴ったりする人はいなくなったの。

私はヒロインの隣に座って、彼女の震える手を両手で優しく包み込んだ。

「笑わなくていいんですよ、怒ってもいいんです。泣いても、詰《なじ》っても、本音を言っても、もう大丈夫なんですよ」

「っ……」

「怖かったですね。そして、おつらかったですね。ここにはわたくししかおりませんから、誰も見ておりませんし、聞いてもおりません。だから、大丈夫なんですよ」

「わたくしの行動が不快だったのなら、正直に言ってくださいませ。誠心誠意謝罪させていただきますわ」

「わ、私……は……」

包み込んだ手を強く握り締め、まっすぐ彼女の目を見て、言葉を紡《つむ》ぐ。

「もうご自身の気持ちを殺さなくて、本音を呑み込まなくていいんですよ」

「……うっ……」

見開かれた大きな翠玉《すいぎょく》の瞳から、ぼろっと涙が零《こぼ》れる。

「っ……す、すみません……。本当に、あなたの、行動には、感謝しか……なくて……。不快な思いは、まったく、していなくて……」

「そうですか、それならよかったですわ」

「今まで、苦しかった……から……！　つらかった、から！　さっきも……怖かった！　痛かった！　悲しかった！　だ、だから！　スカッと、して……！」

次々と透明《とうめい》な雫《しずく》が頬を伝う。

私は頷き、そっとヒロインを抱き締めた。

「っ……お父さま！　せ、聖女になっても、私を大切にしてくれないの⁉　あ、愛して、くれないの⁉　利用……する、ことしか、考えてくれないの⁉　どうしてっ……⁉」

ヒロインが私にしがみついてわぁわぁ泣く。

不幸な過去は、ヒロインを魅力《みりょく》的にする。

乙女ゲームに限らず、そもそもシンデレラストーリーとはそういうものだ。身に起きた『奇跡《きせき》』を、手に入れた『恋』や『幸せ』をよりいっそう輝《かがや》かせるために、不幸な過去や理不尽《りふじん》な現状が『設定』されていると言っても過言ではない。

でも、たとえ設定だったとしても、彼女が今までとてもつらい思いをしてきたことには変わりがない。

これ以上過去を遡《さかのぼ》って助けてあげることはできない。起きてしまったことは消せないし、取り返せない。不幸をなかったことにもしてあげられない。だからこそせめて、このあとの理不尽や不幸は減らしてあげたいと思う。

アデライードをはじめとする貴族令嬢たちからの虐めだけでも、なんとかしてあげたい。

彼女がもうこんなふうに泣かずに済むように――。

「あぁ、あ、あ……あぁあぁあぁあっ！」

私は、愛されたかったと泣くヒロインの震える身体を、強く強く抱き締めた。

「よし……！　できたっ……！」

か、完成したわ！　最強プレゼン資料（羊皮紙《ようひし》にて三十五枚）！

「人間、死ぬ気になればなんでもできるって本当ね！」

実際一度死んだし。アデライードに転生する前もカウントしたら、二度死んでるしね。

パソコンとパワーポイントさえあれば、こんなのちょちょいのちょいなんだけどね？

あいにく、この世界にはないのですべて手書きです。しかも羊皮紙に羽根ペンで。

気の遠くなるような作業だけど、とにかく私はやり切った。

私は羽根ペンを置いて、窓の向こうの——徹夜《てつや》明けの目にはかなり毒な、抜けるように高い青空を見上げた。


昨夜——ヒロインを連れて、夜遅《よるおそ》くにキシュタリア公爵家に帰宅。

彼女を屋敷で一番上等なゲストルームに案内し、そのお世話をシェスカに任せたあと、私はすぐさまこの最強プレゼン資料（羊皮紙にて三十五枚）の作成に着手した。

ヒロイン懐柔《かいじゅう》＆ジークヴァルドさま陥落《かんらく》作戦のために、とにもかくにもまずはあの男を手に入れなくちゃいけない。そのために絶対に必要だったから。

その男とは——クロード。

現在、キシュタリア公爵家に三人いる執事の内の一人。たしか、クロード・ラリマーと名乗っているはずだ。

『一回目』では私専属の執事をしていた。シェスカと同じく、私が心から信頼《しんらい》する人物だ。

それなのに、『たしか』とか『名乗っている』と言っているのは、本来の彼は違うから。

クロードの本名は、クラディウス・ジ・サフィーロ。二十年前に反逆に加担したとしてお取り潰しになったサフィーロ公爵家の四男だ。

当時、幼い子どもに罪はないと、自らも反逆者の汚名《おめい》を被《かぶ》る覚悟《かくご》で匿《かくま》ってくれて、養ってくれた先代のキシュタリア公爵への恩義に報《むく》いるため、執事になった。

それを知るのは、お父さまとお兄さま、そして家令のみ。そう、実は、アデライードは知らない設定なの。私は『一回目』で、本人に聞いたから知っているけれど。

よし、さっそく彼を獲得《かくとく》しに行きますよ！

私はベルを鳴らしてメイドを呼び、しっかり身支度《みじたく》を整えてパントリーへと向かった。

「クロード」

ドアを開けて中を覗《のぞ》くと、片眼鏡《モノクル》をかけた燕尾服《えんびふく》姿の執事が振り返った。

冷たく鋭い碧眼《へきがん》にまっすぐ通った鼻筋、形の良い《い》唇、肩甲骨《けんこうこつ》まである藍色《あいいろ》の髪は一つに纏《まと》めている。一八五センチと長身で、一目で鍛《きた》え抜かれているのがわかるのに、物腰《ものごし》はあくまでも優雅。仕草は優美。気品溢《あふ》れるといった感じで、とても絵になる。

これは私の予想でしかないんだけど、おそらく何回目かのアップデートで、クロードは攻略対象になる予定だったんじゃないかな？

ただのモブにしてはキャラデザが秀逸《しゅういつ》過ぎるし、反逆の疑いでお取り潰しになった元・公爵家の子息なんて美味《おい》しい設定までついているし。

私がプレイしていた間は、攻略対象は四名だったけれど、アーサー王伝説をモチーフにしていて『ナイツオブラウンズ』ってタイトルにまで入ってるんだから、多分最終的には攻略対象は十二人まで増える予定だったと思うの。

とはいえ、私が生きている間に攻略対象が増えることはなく、『一回目』でもその四名以外に『ナイツオブラウンズ』の証が現れた人物はいなかったのだけれど。

とにかく、攻略対象たちに負けず劣《おと》らずの神作画。本当に顔がいい。

それなのに、あの目つきの悪さよ。殺人鬼《き》なんじゃないかって疑いたくなるレベル。

私はそっとため息をついた。

ああ、『一回目』も最初はそうだったなぁ……。懐《なつ》かしいわぁ……。

クロードはね、ぶっちゃけ、あまり性格がよろしくないのよ。幼いころに反逆の疑いで家がお取り潰しになって、華《はな》やかな貴族たちの腹の中や裏の顔など、人の醜《みにく》さを凝縮《ぎょうしゅく》したようなものをたくさん見てきたからだと思うの。基本的に人間嫌《ぎら》い。他人は信用しない。黒の上に黒を塗《ぬ》りたくったような、それこそ『腹黒』を超《こ》えた、まさに『腹闇《やみ》』。

『え？　なんでそんな腹闇人間なんかがほしいの？』って思われるかもしれないけれど、彼は本当に、超・超・超・超・有能なの！

恩義あるお祖父さまに報いるため、執事として最高のスキルを手に入れただけではなく、諸外国の言語をすべて習得していたり、この国の格闘術《かくとう》や剣術《けんじゅつ》、さらには外国の武術など、執事の枠《わく》を超えたものまで体得しているの。

そのうえ『腹闇』だから、目的のためなら手段を選ばない。どんな非道なこともする。自身――あるいは自身の大切な人の利益だけを純粋《じゅんすい》に追求できる。便利でしょう？

「……なにかご用でしょうか？」

クロードが殺人鬼候のまったく温度のない無表情で私を見る。仮にも自身が仕える公爵家のお嬢さまに対して、その態度。本当に懐かしい。表情筋、もう少し仕事しよ？

『一回目』――私の専属となったクロードが、どれだけ私に心を許してくれていたかが、よくわかって切ない。

シェスカと一緒。私はもう一度、あのクロードに会いたいよ。

必ず、取り戻してみせるんだから！

「コーヒー豆を見せてちょうだい。インデラシード産で、すでに焙煎《ばいせん》してあるものを」

「……コーヒーならお淹れしてお持ちしましたが？　なぜここにいらしたのですか？」

まぁね、普通《ふつう》の貴族令嬢はキッチンやらパントリーやらには出入りしないものだもの。不思議に思うのは仕方がないけれど。

「試《ため》してみたいことがあるのよ。だから、自ら来たの。持ってきてくれる？」

その言葉に怪訝そうに、面倒臭《めんどうくさ》そうに眉を寄せたものの、なにも言わず奥へと引っ込む。

――待ちなさい。『面倒臭い』は執事として顔に出しちゃ駄目なヤツでしょう？

「もっと別のタイミングで表情筋に仕事させせなさいよ」

……いえ、怒っちゃ駄目よ。私はクロードをスカウトしに来てるんだから。

なんとか気持ちを落ち着けていると、クロードが奥からキャニスターを手に戻って来る。

「インデラシード産の最高級のものです」

「あ、ありがとう」

「は⁉」

お礼を言って受け取ると、クロードが信じられない物を見る目で私を見る。

「ひ、人の心などお持ちでないお嬢さまが、お礼を……？　聞き間違いか……？」

――ものすごく失礼な独り言だけど、でも実際、アデライードの使用人の扱いは本当にひどかったから、それは聞かなかったことにしてあげる。

「どれどれ？」

キャニスターの中の豆を確認する。ふわりと香るハーブやシナモンのような香り。豆は黒く艶《つや》めいていて、焙煎にもムラがない。

「うん、これでいいわ。じゃあミルをちょうだい。あと、沸騰《ふっとう》したお湯にお水、コーヒーポットとボウルを用意してくれる？　最後に、コーヒーカップを二客」

私の指示に、クロードがわずかに眉を寄せる。

「コーヒーを淹れるおつもりなら、鍋《なべ》やさらしが必要なのでは？　沸騰したお湯でいいのですか？　豆を煮出《にだ》したものではなく？」

「ええ、今回は必要ないわ。試してみたいことがあるって言ったでしょ？」

『白百合《しらゆり》のナイツオブブラウンズ』の世界観は、十九世紀後半のヨーロッパがモデル。

とはいえ、魔物《まもの》が存在するような異世界で、科学の代わりに魔法《まほう》が発達している設定のうえ、ゲームの進行においてノイズになるようなところは調整しているから、その時代にあるべきものがなかったり、逆にあるはずのないものがあったり、さらにはヨーロッパのさまざまな国の文化が混ざり合っていたりする――つまり『なんちゃってヨーロッパ』。

たとえば、ボタン一つで部屋の照明をつけられるし、上水道も綺麗に整備されていて、お風呂《ふろ》は自動給湯、トイレはウォシュレットこそないものの、どちらも私が知っているそれとほとんど変わらない。

だけど、その時代にはすでにあったはずの鉄道や蒸気自動車、初期のガソリン自動車なんかは、世界観を壊《こわ》してしまうからなのか、影《かげ》も形もなかったりする。

コーヒーは、ブラジルとかコロンビアとかケニアとか国や地域の名がついているものが多いからか、そのあたりは変にもじってあるけれど（ちなみに、インデラシードはインドネシアよ）ほぼ二十一世紀の日本と同じものが手に入るわ。

淹れ方に関しては、歴史上ではネルドリップの原形ができたところ、浸漬法《しんし》の器具サイフォンもちょうど二十一世紀の日本で見るそれと変わらないものができたところだけど、それらはこの世界にはない。現代感が出ちゃうからかな？

この世界でコーヒーは、鍋にコーヒーの粉と水を入れて煮立たせてからさらしで沪《こ》して、カップに注ぐもの。日本ではだいたい大正時代あたりにやっていたことのある方法よ。

もちろん、それも悪くはないのよ？　濃《こ》くてガツンとパンチがある味で。

でも、私が飲みたいコーヒーはそれじゃないの。お願いだから、煮立たせないでほしい。

香り豊《ゆた》かな、苦みもあるけれど甘みもある、スッキリとしたコーヒーが飲みたい！

なにせ私は無類のコーヒー好き。前世――アラサーなヲタクだったころ、美味しいコーヒーを出す店があると聞けば、あちこち飲みに行ったわ。生活圏《けん》だけじゃなく、日本全国。コーヒーのフェスにもよく顔を出したし、自分でも美味しいコーヒーを淹れられるよう日々研究していた。

香り豊かなコーヒーと胸がキュンキュンする乙女ゲームが毎日の癒《いや》しだったの。

ってことで――『一回目』で、ヒロインと攻略対象を徹底的《てっていてき》に避《さ》けるひきこもり生活をすると決めた私は、まずネルドリップとサイフォンの器具を作った。

そして、それこそが私たちの関係のはじまりだった。

だから、今回もまずは私のコーヒーを飲んでもらう。

インデラシード――インドネシア産のマンデリン。『一回目』のクロードが好きだったコーヒーだ。

私はドレスのポケットから、昨日即席《そくせき》で作ったネルドリップを取り出した。針金をよって金魚すくいのポイのような形を作り、新品のフランネルの寝間着《ねまき》を切って縫《ぬ》い合わせたもの。

最強プレゼン資料（羊皮紙にて三十五枚）を見てもらうためにも、コーヒーでクロードの関心を引いてみせるわ。

手挽《てび》きミルでゴリゴリコーヒー豆を挽いている間に、すべての器具とお湯とお水が揃う。

「ありがとう」

「っ……」

お礼にいちいち驚くのに気づかないフリをして、コーヒーポットに沸騰したお湯を入れ、そこに差《さ》し水をして、湯気に手をかざし、ポットにそっと触れる。

「――うん、いい感じね」

正確な温度はわからないけれど――自分の長年の感覚を信じる。

そうして少し温度を下げたお湯を、自作ネルドリップに入れたコーヒー豆にゆっくりと含《ふく》ませてゆく。ネルからにじみ出たコーヒーが、下に置いたボウルに点々と滴《したた》り出す。

「いったい、なにをして……」

怪訝そうに眉を寄せたクロードが、ハッとした様子で鼻を押さえて目を見開く。うん、いい香りよね。驚くよね。わかるよ。

コーヒーの香りを堪能《たんのう》しながらじっくりと二杯《はい》分のコーヒーを抽出《ちゅうしゅつ》したあと、ボウルを揺らして中のコーヒーの濃さを均一にして、コーヒーカップに注ぐ。

そして、片方をクロードの前に差し出した。

「飲んでみて」

クロードがわずかに眉を寄せて、カップを見つめる。この世界の常識からはあまりにも外れた淹れ方をしていたからだろう。すぐには手を出せないでいる。

私は彼の警戒心《けいかい》が少しでも解ければと、自分の分に口をつけた。

「ああ、美味しい……！」

マンデリン特有のスパイシーなハーブの風味にグリーンティーに通じるアーシーな渋《しぶ》み。しっかりと苦いのにすっきりしたキレがあって、その中にたしかに感じるビターチョコレートやカラメルのようなコクのある甘み。

「……！　これは……」

私が飲んだことで勇気を得たのかクロードも一口飲んで——大きく目を見開いた。

そして、今度は真剣《しんけん》な表情で、ワインのテイスティングをするように香りを確かめ、じっくりと味わう。

執事《バトラー》は、もともと『酒瓶《さかびん》を扱う者』という意味。その名のとおり酒類・食器を管理し、主人の給仕《きゅうじ》をするのが本来の職務。

お酒のもの自体の良し悪《あ》しだけではなく内容物が変質してしまっていないか、不純物が混入していないかなどを判別するスキルは、執事には絶対的に必要なもの。当然ながら、彼の味覚は相当鋭い。

わかるはずよ。いつものコーヒーと比べてただ薄《うす》いだけじゃないってことが。いつものコーヒーからは感じられない複雑な芳香《ほうこう》が。苦みだけじゃない、重層的な味の広がりが。

「美味しい……です……。これはいったい……」

信じられないといった様子で、クロードが呟く。

「もっと美味しいコーヒーが飲みたくて、考えたの」

「考えたって……」

「ほかにも見てもらいたいものがあるの。わたくしの部屋に来てくれない？　クロード。このコーヒーみたいに、生活を少しだけ豊かにするものをたくさん考えたの」

クロードが空になったコーヒーカップを見て、考え込む。

クロードは使用人を物のように――いえ、物だったらまだマシね。虫けらのように扱うアデライードが大嫌《だいきら》いだった。前キシュタリア公爵の孫娘《まごむすめ》だからギリギリ我慢《がまん》してた感じ。極力かかわろうとしなかった。

ここまでした理由は、すごく簡単。ただ部屋に呼び出したって、クロードはなにかしら理由をつけて来てくれないから。だから、今までのアデライードとは違うんだってことを、まずは示そうと思ったの。

パントリーに直接足を運んで、頼みを聞いてもらったらちゃんとお礼を言って、そしてクロードが見たことも聞いたこともないスキルを見せつける。

それならいけるんじゃないかって思ってたんだけど……まだそんなに迷うのかぁ……。

うーん、手強《てごわ》い。

こうなったら仕方がないわ、コーヒーのほかにもお金とお金儲《かねもう》けが大好きなクロードにとっておきの口説き文句を。

「来てくれるなら、キシュタリア公爵家の者と特別なお客さまにしか出さないブルーディーマウンタン地域の最高級豆を、今の方法で淹れてお出しするわ」

「行きます」

「こ、これは……！」

最強プレゼン資料（羊皮紙にて三十五枚）を持つクロードの手がぶるぶると震えている。

「全部お金になるじゃないですか！」

――うん、なるよ。それも、ものすごく。実際、『一回目』ではそれで相当稼《かせ》いだし、そもそも二十一世紀の日本では当たり前の物ばかりだもの。

でも、そこはそれ。嬉しそうに顔を輝かせて、「本当にそう思う⁉」と言ってみる。

「当然です。どれもこれも斬新《ざんしん》なアイディアですよ」

「良かった。『どうして便座を温める必要が？』なんて言われたらどうしようかと……」

まぁ、これはあとで言われるけどね？　温かい便座の制作を依頼《いらい》した魔導具師《まどうぐし》に。

「必要でしょう。座ったときにヒヤッとするあのなんとも言えないショックは、私たちのような若者には不快というだけで済みますが、年配の方になるとそれだけで心臓に負担がかかったりするものですから」

そうだね。ヒートショックを起こしちゃったりもするもんね。

「ネルドリップ、サイフォン、コーヒーメーカー、温かい便座、ウォシュレット？　温水湯沸《ゆわ》かし器、ドライヤー、扇風機《せんぷうき》、冷風扇《せん》、洗濯機《せんたくき》、ほかにもいろいろ……なんて画期的なアイディアなんですか……」

毎日のように使っていても、構造まできちんと理解できている物は意外に少ないもの。

だから、私が現実世界の――十九世紀後半のヨーロッパに転生していたら、これらの物は手に入れられなかったと思う。

でも、ここは異世界！　魔法がある世界！

私は、その物の見た目と『こういう物でこう使う物である』と具体的に示すだけでいい。あとの魔法と科学との辻褄合《つじつまあ》わせは、魔導具師のほうでやってくれるから。

この最強プレゼン資料（羊皮紙にて三十五枚）は、まさにそれ。

ドライヤーでいうと、髪を乾《かわ》かすもので、ここから風が出て、ここにボタンがあって、風量が変えられて、温風と冷風が切り替《か》えられて――という図解が描《えが》かれている。

「食品・料理部門では、このマヨネーズというものはまったく想像がつきません。まずは実際に食べてみたいです。カレー粉……ほう、つまりは香辛料《こうしんりょう》ミックスですか。香辛料は貴族に人気ですし、やり方次第《しだい》で爆発《ばくはつ》的に売れるでしょう。ミルフィーユ、ミルクレープ、シュークリーム、ショートケーキ？　パンもふんわりやわらかい食パン……？　聞いたことないですね。パンは硬いものでしょう？」

ハード系のパンも大好きよ。でも、たまにあのふんわり食感を味わいたくなるのよね。

「商売の部門、コーヒー豆の焙煎所を作り、焙煎したコーヒー豆の流通。ティーサロンの運営？　コーヒーハウスではなく？　ご婦人向け？　アフタヌーンティーって……そもそもお茶は薬でしょう？　それを楽しむ？」

「あ、もちろん、コーヒーハウスもやりたいわ。紳士《しんし》の社交場のそれじゃなくて、純粋に美味しいコーヒーを楽しめるコーヒーハウスを」

この世界では、コーヒーは生豆で仕入れて各家庭で焙煎するもの。

でも、焙煎って難しいのよ？　それで大きく味が変わるんだから。

『一回目』のとき、最高級のブルーディーマウンタン地域の豆を――あ、お察しのとおり最高級ブルーマウンテンよ。それが炭化一歩手前の極深煎《い》りにされているのを見て、気を失いかけたわ。なんてことするんだって。

そもそもここにはまだ、浅煎りとか深煎りとかの概念《がいねん》もないのよ。

だから、焙煎したコーヒー豆の流通を確立したい。いい豆を無駄《むだ》にしてほしくない。

紅茶も、十九世紀後半といえば、アフタヌーンティー文化が確立しはじめていてもいい時代のはずなんだけど、ヨーロッパ全体の文化ではなかったからかなぁ？　この世界ではまだなのよね。そもそも、お茶が貴族の嗜好《しこう》品にすらなっていない。薬という概念のまま。

それももったいなくない？　美味しいミルクティーも飲みたいもの。

「これらを形にするのを、私に手伝ってもらいたいと」

「そう！　そういうことなの！　手伝ってくれる？」

両手を組んで身を乗り出すと、クロードが美しいセンターテーブルに資料を置く。

そして姿勢を正すと、向かいのカウチソファーに座る私をまっすぐ見つめた。

「なぜ私なんですか？」

え？　ええと、それは……。

「クロードは、わたくしのことが嫌いだから……」

小首を傾《かし》げながら言うと、クロードがなにを言ってるんだとばかりに眉をひそめる。

「答えになっていません。それなら、すべての使用人が当てはまるでしょう。そもそも、お嬢さまのことが好きな使用人がいるんですか？」

ぐっ……。そんなはっきり言わなくても。……そのとおりだけども。

「ゴメン……。ええと、言葉にするのは難しいんだけど……」

まさか、『一回目』でクロードの使い勝手の良さを知ってるから——とは言えないしね。

「クロードはわたくしの顔色を窺《うかが》わないから、かな？」

意外な言葉だったのか、クロードがわずかに目を見開く。

「顔色を窺わないから？」

「ええ。みんな、わたくしのことは嫌いでも、キシュタリア公爵家の令嬢という身分には価値を感じているでしょう？　実際、キシュタリア公爵家のネームバリューは素晴《すば》らしい。お給金もほかよりもずっと高い。だから、わたくしの我儘《わがまま》や理不尽もなんとか受け入れてやりすごそうとするわ。キシュタリア公爵家でのお仕事を失いたくないから」

つまり、この屋敷にはアデライードに逆らう使用人はいない。

だからってもちろん、やりたい放題やっていいってことにはならないわ。それは絶対。

でも、そういった環境《かんきょう》が、彼女がどんどん増長していった要因の一つでもあると思う。

「クロードは、わたくしの顔色を窺わない。わたくし相手でもNOを言える。わたくしがとんでもない提案をしたら、遠慮《えんりょ》なく『え？　馬鹿なんですか？』って言うでしょう？　さまざまな事業をするにあたって、そういう人が必要だと思ったの」

物怖《ものお》じせず、対等な目線で話せるパートナーがほしい。

「これで答えになってる？」

クロードをまっすぐ見つめたまま問いかけると、クロードが唇に手を当てて考える。

「もう一つ、質問してよろしいですか？」

「もちろんよ。一つと言わず、いくつでも」

「お嬢さまが変わったのはなぜですか？」

思わず息を呑む。

アデライードが変わったと思ってくれたのを嬉しく思うと同時に、冷汗が背中を濡らす。

なんて答えよう……？

答え自体は簡単だ。『転生者』だから。今の私はアデライードではなく、二十一世紀を生きた日本人だから。そして『一回目』で失敗して、また一から『二回目』をやり直しているから。

だけど、そんなこと信じてもらえないよね。下手したら、そんな嘘をつくなんてって、より嫌われてしまうかもしれない。

そしてもう二度と、『一回目』のような関係にはなれなくなってしまうかもしれない。それは絶対に嫌。

どうしよう？　クロードに口先の言い訳は通じないわ。そして私自身、その場しのぎの嘘で誤魔化すなんてことはしたくない。

私は考えに考えて――思い切ってこの『二回目』の目標を口にした。

「あ、ある男性に、好きになってもらいたいの！」

「はっ⁉」

完全に想定外の答えだったのか、クロードがおよそ聞いたこともないすっとんきょうな声を上げた。

「け、結婚したい人ができたのよ！　だから、その……このままじゃ駄目だと思ったの。心を入れ替えなきゃって！」

嘘は言ってないわ。死の運命を覆《くつがえ》すにはこのままじゃ駄目だもの。

「は、はぁ……？」

クロードが心底理解できないといった様子で眉を寄せる。

「なぜそんなことする必要が？　キシュタリア公爵に相談すれば、大体の人間とはすぐに結婚できるでしょう。キシュタリア公爵家の後ろ盾《だて》と財力に魅力を感じない人間なんて、そうはいませんよ。……あ、閣下が反対するような身分の人間なんですか？」

「え？　ああ、そんなことないわ。それ相応の身分の方よ」

「じゃあ……」

「で、でも、そうじゃないの！　私は政略結婚したいわけじゃないのよ！　好きになってもらいたいって言ったでしょ！」

「好きになってもらいたいなら、色仕掛《いろじか》けをすればいいのでは？」

——なにそれ、発想がヤバい。

「男には色仕掛けが一番効くと思いますが」

「だから！　好きになってもらいたいんだってば！」

「ですから、身体の虜《とりこ》にしてしまえばいいのでは？」

そうじゃなくて！

「わたくしに恋をしてほしいのよ！」

クロードが『いったいなにを言ってるんだ、コイツは』という顔をする。

「ちょっと待って！　その『馬鹿を見る目』はよくない！」

「ああ、申し訳ありません。お嬢さまが評価してくださったとおり、私はNOが言える人間なもので」

ぐうっ……！　コイツぅ！

色仕掛けなんて……自慢《じまん》じゃないけど、そんなのしたことない。

そりゃ、たしかにゲームの悪役令嬢・アデライードは、男にだらしない設定だったよ？

で、でも、私は違うもの！　二十一世紀の日本人だったころは社畜《しゃちく》だったのもあって、(男女問わず誰かと遊ぶ暇《ひま》なんてまったくなくて）完全に喪女《もじょ》だったし、『一回目』もそういう意味では清らかな一生だったもの。

「ホラ、恋人《こいびと》ができたら女は変わるっていうじゃない？」

「聞いたことありませんが。それに、それならお嬢さまはまだ変化前のはずですよね？結婚したい人にはまだアプローチもできていない段階なので」

「う……」

ツッコミが的確過ぎて死にそう……。

「と、とにかく、ある人と結婚するためにも、私……わたくしは変わるって決めたの！だから、クロードに手伝ってほしいのよ！」

「そう言われましても……」

私の言葉に、クロードが再び私の最強プレゼン資料（羊皮紙にて三十五枚）を手に取り、肩《かた》をすくめる。

「事業のほうだけなら喜んで。どれもこれもいい金になりそうなので。そっちのほうは、正直面倒臭いですね。他人の色恋《いろこい》なんて首を突っ込むものじゃありません」

いや、たしかにそれはそうなんだけども……。

でも、こういうプレゼンは得意だけれど、誰かを誘惑するなんてやったことがないし、どうしたらいいかわかんないのよ。だからお願い！　手伝ってほしいの！

両手を合わせて頼み込もうとして――ハッとする。ああ、そうだわ。お金とお金儲けが大好きなクロードには、情に訴《うった》えるよりもこっちよね。

私はにっこり笑って、バンッとセンターテーブルを叩いた。

「私がその人と結婚できたら、ボーナスで十億ゴールド出すわ！」

ちなみに、この世界の通貨『ゴールド』は、日本の『円』と同じ価値です。

案の定、クロードは素早く私の前に跪《ひざまず》き、右手を左胸にあてた。

「このクロード、お嬢さまの未来のために最善を尽くしましょう」

夜風に花が香る。

月のひそやかな明かりを浴びながら、ジークヴァルドは手の中の封筒《ふうとう》を見つめた。

鮮《あざ》やかな紫《むらさき》に、キシュタリア公爵家の紋章の封蝋《ふうろう》。

そういえばあの日も、彼女は華やかで艶やかな紫色のドレスを着ていた。そう、自分のこのアメジストの瞳と同じ色のドレスを。

「まさか……な……」
そういう意味ではないだろう。
だが。
『どうか、わたくしに恋してください！』
自分をまっすぐ見つめて、叫んだ彼女――。
あれはいったいなんの冗談《じょうだん》だったのだろう？
そしてその後――聖女覚醒の折には、目覚ましい活躍《かつやく》を見せた。
巷《ちまた》の噂《うわさ》とはまったく違う姿に、誰もが困惑した。
あれもいったいなんだったのか。
そして――今までかかわりなどほとんどなかったのに、届いたお茶会の招待状。
ジークヴァルドは手の中の封筒を見つめて、小さく呟いた。
「アデライード・ディ・キシュタリア……。いったいなにをたくらんでいる？」

第三章 パターンB！ ジークヴァルドさま誘惑作戦！

「帝国《ていこく》の太陽にご挨拶《あいさつ》申し上げます」

指先まで気遣《きづか》いながらドレスをつまんで軽く持ち上げつつ、片足を斜《なな》め後ろの内側へと引いて、優雅《ゆうが》にお辞儀《じぎ》をする。

「はい！ 可愛《かわい》いっ！」

さすがヒロイン！ 最高作画！

「えっ……？」

フィオナさまがきょとんとして顔を上げる。――おっと、しまった。

私はコホンと一つ咳払《せきばら》いして、あらためてにっこりと笑った。

「お辞儀の角度もよく、ドレスの揺《ゆ》れも完璧《かんぺき》でした。そして、最高に可愛かったですわ。

でも、まだおっかなびっくり頭の中で確認《かくにん》しながらやっているのがわかりますね」

「そうですか……。いえ、そうだと思います。だって実際、教わったことを反芻《はんすう》しながらやっているので……」

「でも、それはこれから反復を続けることで自然と抜《ぬ》けていきますから、大丈夫《だいじょうぶ》ですよ」

「そ、そう思いますか？」

「ええ、作法とはそういうものです。ひたすら繰《く》り返して、呼吸と同じぐらい無意識でもできるように身に染《し》み込ませるのです」

よく聞かない？　少し格式の高いお店で、お作法で頭がいっぱいで味がわからなかった、楽しめなかったって話。

それは、作法を知っているだけだから。本当の意味で身についてはいないからなの。呼吸レベルで自然にできるようになってさえいれば、そんなことはあり得ない。だって、呼吸で頭がいっぱいで味がわからないとか楽しめないないなんてこと、経験ないでしょう？

「呼吸と同じぐらいに……。できるようになるでしょうか？」

「はい、もちろんです」

「回数を重ねるだけですからね、馬鹿でもできますよ」

飲みものを運んできたクロードが、眉《まゆ》一つ動かさずきっぱりと言う。ク、クロード！　私相手はともかく、フィオナさまにはもう少し柔《やわ》らかく接して！

「く、口が悪くて申し訳ありません、フィオナさま」

「いいえ、練習あるのみってことですね。頑張《がんば》ります！」

しかし、フィオナさまは気を悪くした様子もなく、グッと両手を握《にぎ》って気合いを入れる。

ああ、健気《けなげ》で可愛い……。

フィオナさまの淑女《しゅくじょ》としてのマナーやエチケットは、本当に壊滅《かいめつ》的だった。
いや、彼女が無知なのは知ってたのよ？　そういう設定だもの。でも、それにしたって
ひどい。クリステル伯爵《はくしゃく》が親としての義務を本当になに一つ果たしてなかったんだって
わかって、もう二、三十発ぐらい殴《なぐ》っておけばよかったってものすごく後悔《こうかい》したわ。
だから、今急ピッチで貴族の子女としてのふるまいを身につけさせているところ。
もちろん教養と同時に知識も叩《たた》き込んでいる。貴族の、そして社交界のルール、マナー、
覚えておくべき貴族の家門、そして神話について、聖女伝説の詳細《しょうさい》についても。
いつまでキシュタリア公爵《こうしゃく》家でお世話させていただけるかわからないし、あまり時間
はかけていられないから結構スパルタだと思うんだけど――でも、そこはさすがヒロイン。
地頭がよく、もともとの能力もかなり高いんだと思う。まだはじめて三日なのに、すでに
かなり形になってきている。
「フィオナさま、紅茶が入りましたので少し休憩《きゅうけい》いたしましょうか」
「あ、はい！」
フィオナさまがぱぁっと顔を輝《かがや》かせ、いそいそとソファーに座る。
そして、蜂蜜《はちみつ》を入れた甘《あま》ぁいミルクティーを一口飲んで、至福の表情を浮《う》かべた。
「ん～！　美味《おい》しい！　疲《つか》れが吹《ふ》っ飛びます！」
「おや、そうですか。じゃあ、休憩時間は五分間といたしましょう」

クロードが懐中《かいちゅう》時計を確認して、無慈悲《むじひ》に言う。そ、それはさすがに可哀想《かわいそう》よ……。

健気で頑張り屋のフィオナさまも、これにはさすがにげんなりした表情を見せる。

「……クロードさんって、穏《おだ》やかで優《やさ》しそうで、物腰《ものごし》も柔らかく優雅で紳士《しんし》の鑑《かがみ》みたいに見えるのに、性格が鋭利《えいり》過ぎますよね……。アデライードさまに対しても常にこんな感じなんですか？」

「クロードは誰《だれ》にでもこうですよ」

「失礼な。私だって、優しくするべき人間には優しくしますし敬うべき人間は敬います」

「え？　わたくしは敬うべき人間には入っていないの？」

「ええ、入っていません」

クロードがきっぱりと言う。そうだよね。あなた、アデライードのこと大嫌《だいきら》いだもんね。

私の専属になってからまだたった三日しか経《た》ってないし、そんなすぐに意識が変わったりしないよね。……くすん。

「じゃ、じゃあ、あの……今、わたくしのことはどう思ってるの？」

まだ、大嫌いなまま進展せず？

ちょっぴりしゅんとしつつ尋《たず》ねると、クロードが唇《くちびる》に指を当ててしばらく考えて――ぽつりと言う。

「……金づる？」

「え？　それってつまり、利用価値があるって認めてくれてるってことね？　やった！　ありがとう！」

お礼を言われてびっくりしたのか、クロードが目を丸くする。

フィオナさまも予想外の反応だったらしく、ポカンとして私を見た。

「ポ、ポジティブ過ぎやしませんか？　アデライードさま。金づるって絶対に喜んでいい評価じゃないと思うんですが……」

ううん、そんなことない。大嫌いからはちゃんと進展してるもの。この調子よ。

グッと両手を握り締《し》めて頷《うなず》いていると、フィオナさまが「本当にアデライードさまっておかしな方ですね」となんだか眩《まぶ》しそうに目を細める。

そんなフィオナさまに、クロードが思いっきり眉をひそめた。

「つまり、変人だと」

「えっ⁉」

「仮にも恩人に対して『変人』なんて言えてしまう人間が、よくも他人の性格をどうこう言えましたね」

「ち、違《ちが》っ！　アデライードさま！　違いますからね⁉　そういう意味じゃなくて！」

フィオナさまがひどく慌《あわ》てた様子でわたわたと手を振《ふ》る。大丈夫。わかってますよ。

「……クロード、フィオナさまで遊ばないの。大切なお客さまなのよ、わきまえて」

「これは失礼をいたしました」

「それに、恩人なんておこがましいわ。わたくしはなにも特別なことはしていないもの。ただ当たり前のことをしているだけよ」

「は？　騎士《きし》とともに騎馬《きば》で駆《か》けつけて、真っ先に現場に飛び込んで聖女をお助けして、ろくでなしの父親に一発仕返しして、説教をかまして、さらにお預かりしてお世話をして、聖女として淑女としての教育まで施《ほどこ》すだなんて、とっくに当たり前の範疇《はんちゅう》を超《こ》えていると思いますが？　私なら一生恩に着せますし、搾《しぼ》り取れるだけ搾り取ります」

……借金取りかなにかか？

損得で言うなら、これは決してただの親切なんかじゃないわ。私はしっかり利己的で、自分の利益のために動いている。だって、上手《うま》くいけば悲惨《ひさん》な死を回避《かいひ》できるんだもの。だから、やっぱり『恩人』なんておこがましいわ。

「あ、教育で思い出しましたが、フィオナさま。淑女としてのふるまいや作法については大丈夫ですが、神話や聖女伝説は解釈《かいしゃく》の余地といったものが存在するものです。決して、わたくしから教わったことだけを鵜呑《うの》みにせず、神殿《しんでん》で神官の方々からお話を伺《うかが》ったり、ご自身で文献《ぶんけん》などを調べられたりしてくださいませね。落ち着いてからでいいので」

「あ、はい。わかりました」

フィオナさまが頷く。そして、なんだか不思議そうな目をして私を見つめた。

「アデライードさまは、自分を信じるように言わないんですね」

「信頼《しんらい》されたくないわけではありませんが、誰を信じるかなんて己《おのれ》の目と耳で判断すべきことだと思っていますから……」

それに私自身、行動で示さず『自分を信じて！』とだけ押しつける人はあまり信じられないから。

「ですから、人前に出ても恥《は》ずかしくない最低限の教養と知識を身につけて、たくさんの人と出逢《であ》って、触《ふ》れ合ってくださいね。そしてご自身の目と耳で、心から信頼できる人を見つけてくださいませ」

フィオナさまを立派な淑女にするため、教育に時間をかけたいのはやまやまだけれど、あまりに長く彼女をキシュタリア公爵家に留《とど》めておくのは危険だわ。皇室やほかの貴族にキシュタリア公爵家が聖女を手に入れようとしている――独占《どくせん》しようとしているなんて、悪い印象を持たれるわけにはいかない。

それに、ヒロインと攻略《こうりゃく》対象と出逢う機会を奪《うば》ってしまうのもよくないわ。この教育がある程度進んだら、フィオナさまの物語をはじめてもらうべきよ。

そしてもちろん、私自身のジークヴァルドさま攻略もはじめないと！

「アデライードさま以上に信じられる人なんてできるのかな……？　できれば、少しでも長くここにいたいんだけど……」

「え？」

「いえ、こちらの話です」

フィオナさまは笑顔《えがお》で手を振ると、心底羨《うらや》ましそうにため息をついた。

「明日はお茶会なんですよね？　いいなぁ、アデライードさまが開催《かいさい》するお茶会なんて、きっと美味しいものたくさん出るでしょうし、すごく楽しそう」

「そんなこと言ってくださるのは、フィオナさまだけですよ」

「まさか、そんなことはないでしょう」

いやいや、これがそんなことあるのよ。社交界に疎《うと》いフィオナさまが知らないだけで、アデライードの評判って本当に最悪なんだから。

でも、この『二回目』ではそれを変えていかなくちゃいけない。

まずは明日、ジークヴァルドさまだけをお招きしたお茶会で、少しでも好印象を持っていただかないと！

私はお腹《なか》に力を籠《こ》めると、フィオナさまの手を取り、両手でぎゅうっと握り締めた。

「フィオナさまは明日、はじめての神殿ご訪問ですものね！　頑張ってくださいまし！　わたくしも頑張りますわ！」

そんな私に、フィオナさまは戸惑《とまど》った様子で、目をパチパチ。

「は、はい？　私はともかく、お茶会ってそんなに気合いを入れるものでしたっけ？」

ええ！　明日は初戦ですもの！

私、必ず白星を勝ち取ってみせるわ！


「いーやーだーっ！　嫌《いや》っ！　嫌ったら嫌っ！」

「癇癪《かんしゃく》起こさないでくださいよ、面倒臭《めんどうくさ》い」

叫《さけ》ぶ私に、クロードが心底面倒臭そうにため息をつく。

違う！　私が我儘《わがまま》言ってるみたいに言わないで！　これは癇癪でも我儘でもないから！　一緒《いっしょ》にしないで！

「だって！　そんなドレス着たくない！　ものすごく肌《はだ》が出るじゃないの！」

「出ますが、それがなにか？」

いや、『なにか？』って……質問おかしくない？　大問題でしょうよ！

「お茶会よ？　お茶会！　なんで肌を出す必要があるのよ！」

メイドが用意していたのはなんと、胸もとがざっくり開いていて谷間が丸見えで、肩《かた》も丸出しな超《ちょう》セクシードレス。

びっくりしてなぜこれをチョイスしたのかと訊《き》いたら、なんとクロードの指示だと言う。

「し、しかも、ジークヴァ……アルジェント公子の瞳《ひとみ》の色なんて！　魂胆《こんたん》が見え見えで、いろんな意味でやらしいのよ！」

『わたくしを好きにしてください』って言ってるみたいじゃない！

私がそう言うも、しかしクロードは『なにを言ってるんだ』とばかりに眉を寄せる。

「むしろ、それが狙《ねら》いですが？　お嬢《じょう》さまは顔と身体《からだ》ぐらいしか取り柄《え》がないんですから、それを最大限に活用しなくてどうするんです」

「だ、だから！　わたくしは好きになってもらいたいんだってば！　身体を使って篭絡《ろうらく》するのは違うの！」

「なにを言ってるんですか？　お嬢さまが、顔と身体以外を好きになってもらえるような人間だとでも？　それは少し自己採点が甘くないですか？」

ぐぅっ……！　こ、言葉の刃《やいば》が鋭《するど》過ぎない⁉

クロードの毒舌《どくぜつ》には慣れているはずなのに、ちょっと泣きそうなんだけど！

「で、でもこれはさすがに……」

「なにも本当に身体の関係に持ち込めと言ってるわけではありません。なにもしないより、ほんの少しでも公子の気が引ける確率が上がるのではと思っての提案です」

「な、なにもしないわけじゃ……なくないかな？」

行動を起こしたからこそ、このお茶会が実現したわけで。

私がモゴモゴと言うと、「なるほど。行動を起こせば、最善を尽《つ》くさなくてもいいって考えですか？」という答えが返ってくる。い、いや、そうじゃないけども！

「本気で公子に好きになってもらいたいし、結婚《けっこん》したいんですよね？」

「そう！」

「だったら、手段をえり好みしている場合ですか？　打てる手はすべて打つべきでは？」

「……う……」

「なにがなんでもという気概《きがい》を感じませんね。お嬢さまの本気はその程度ですか？」

ううっ！

「お嬢さまの覚悟《かくご》を感じません。私はお遊びにつきあうほど暇《ひま》ではないのですが」

ぐうぅううっ！

『一回目』のときもそうだったけど、煽《あお》りスキルのレベルが無駄《むだ》に高過ぎる！　そこまで言われたら、さすがに黙《だま》ってられないじゃない！

「い、いいわよ！　わかったわよ！　着てやろうじゃない！」

「あー……ご立派です……」

な、なんなの!?　そのローテンション！　あれだけ煽ったくせに！

「よ、よろしいのですか？」

メイドがオロオロした様子で私とクロードを交互《こうご》に見る。

「ええ、着るわ」

悪役令嬢《れいじょう》のプライドにかけて、着こなしてみせるわよ！

「では、私は失礼いたします」

クロードが一礼し、素早《すばや》く回れ右をする。

しかし、ドアノブに手をかけたところでふと足を止め、こちらを振り返った。

「お嬢さまは、華《はな》やかで妖艶《ようえん》なドレスはお好きだったはずでは？」

クロードにとっては何気ない言葉だったんだろうけど、思わず息を呑《の》む。

なんだか、『あなたは本当にアデライードですか？』と言われたように感じて。

「それは……その……」

私はなんとか平静を装《よそお》いつつ、クロードから視線を逸《そ》らした。

「け、結婚したい相手の前では、その……少し恥ずかしいかもって思っただけよ……」

「へぇ、お嬢さまにも人並みに羞恥心《しゅうちしん》ってものがあったんですね。お疲れさまです」

くっそぉ！　いちいち馬鹿にしないと会話できないの⁉

──と、まぁ、そんなわけで、ジークヴァルドさまの瞳の色のセクシードレスを着たんだけど……。

「よ、ようこそ……おいでくださいました……」

「………」

出迎《でむか》えた私の姿を見て、なんだか少し不愉快《ふゆかい》そうに眉をひそめるジークヴァルドさま。

「お、お嬢さま！　上着をお忘れです……！」

シェスカが機転を利《き》かせて、ショート丈《たけ》のレースのジャケットを持って来てくれたから
なんとか大惨事《だいさんじ》は避《さ》けられたけど……。でもこれ、谷間は隠《かく》れないのよね……うう……。

「お……お目汚《よご》しを、失礼いたしました……」

「いえ……」

顔を真っ赤にして謝る私に、ジークヴァルドさまは一言そう言って、首を横に振った。

ああ、やっぱり不愉快でしたよね。本当にすみません！

「では、ご案内させていただきます」

とりあえずクロードは減給処分にするとして、気持ちを切り替《か》えてジークヴァルドさま
攻略に集中しよう。

なんとしてでも、私に恋《こい》していただくわ！

私は決意を新たに、ジークヴァルドさまをキシュタリア公爵家自慢《じまん》の庭園を一望できる
テラスへとご案内した。

天気がいいから庭園に出るのも気持ちいいと思うんだけど、今回は花の香りに邪魔《じゃま》され
たくないから、テラスで。

「アルジェント公子は紅茶がお好きだと伺ったのですが」

「ジークヴァルドで結構です。……そうですね。香りにリラックス効果があるので」

ジークヴァルドさまが席に着きながら、頷く。

「では、ぜひともこちらをお試《ため》しくださいませ」

私はコーヒー豆を手挽《てび》きミルに入れた。

「コーヒー……ですか。あまり嗜《たしな》みませんが……」

「それは目が覚めるような苦さが原因ではありませんか？」

豆を挽きながら尋ねると、ジークヴァルドさまが少し驚《おどろ》いたように目を見開いた。

「ええ、そうです。コーヒーは苦いものでしょう？」

「いいえ、実はコーヒー豆自体に苦みはありません。それは焙煎《ばいせん》によって引き出されるものなんです」

実際、焙煎前の生豆を淹《い》れたグリーンコーヒーには、まったく苦みがない。

「そうなのですか？」

「はい、焙煎の度合いによっても変わります。浅煎《い》りは苦みが弱め、深煎りは強めです。つまり、苦みは調節できるし、なくせもするものなんですよ」

「へぇ……」

「そしてこちらは、浅煎りの豆となります」

豆を挽き終えて、粉入れを開けると、途端《とたん》にあたりにコーヒーのよい香りが広がる。

「え？　これがコーヒーの香りですか？　甘い……まるで花のような……」

「ええ」

この世界ではなんて名前だったかちょっと忘れてしまったけれど——とにかく最高級と言っても過言ではないほど質のいいグァデマラの、浅煎り。

蘭《らん》のような華やかで優しい甘い香りが特長《とくちょう》だ。

クロードが運んできた沸騰《ふっとう》したお湯に差し水をして最適な温度にしてから、クロードのときのような間に合わせではなく精密に作り直したコーヒーネルでじっくりと淹れる。

琥珀《こはく》色の液体が小さなコーヒーポットへ滴《したた》り落ちる。

同時に、えもいわれぬ芳香《アロマ》があたりと包み込んでゆく。

「ああ、とてもいい香りです……落ち着きます……」

いつも硬い表情がふぅっと和《やわ》らいで、ジークヴァルドさまが大きく深呼吸をする。

なんとなくの話ではなく、コーヒーの香りを嗅《か》ぐことで、脳内でα波が発生することがわかっている。ちなみにα波とは、リラックス状態で時に発生する脳波のこと。

コーヒーならなんでもいいわけじゃないし、さらに香りだけじゃなくてほかにも要因はあるんだけど——専門的な話は省略。とにかく、重要なのは、二十一世紀の日本においてコーヒーのリラックス効果は科学的にもきちんと証明されているってこと。

すべての作業を終え、淹れたての薫《かお》り高い琥珀色の液体をコーヒーカップに注ぐ。

それをじっと見つめていたジークヴァルドさまが、ほうっと感嘆《かんたん》の息をついた。

「コーヒーを淹れ慣れていらっしゃるのですね」

「え？」

「いえ、所作に迷いやよどみがまったくないので……」

「ああ、そうですね」

私にとってコーヒーは、飲むだけじゃなくて淹れる工程を含《ふく》めてリラックス法だったりするのよね。

社畜《しゃちく》時代は、それこそコーヒーと乙女《おとめ》ゲームだけが救いだったと言っても過言では……。

「公爵《こうしゃく》令嬢なのに」

「ッ……！」

その言葉に、思わず固まってしまう。

そ、それって……貴族令嬢らしくない……まるで庶民《しょみん》のようではしたないってこと⁉

たしかに、お茶会でお茶を淹れるのは貴族令嬢の嗜みだけど、コーヒーは違うし……。

ど、どうしよう！　もしかして幻滅《げんめつ》された⁉

「変……でしょうか……？」

一気に顔色を失《な》くすも、ジークヴァルドさまはとくに表情を変えることなく静かに首を横に振った。

「いいえ、貴族女性がそういったことをご自身でされるのは珍《めずら》しいというだけで、決して変ではありません。むしろとても良《い》いことだと思います」

「あ……よかったです」

一瞬恐怖《いっしゅんきょうふ》で縮み上がったよ……。

内心冷汗《ひやあせ》を掻《か》きつつ、私はジークヴァルドさまの前にそっとコーヒーカップを置いた。

「いただきます」

ジークヴァルドさまは律儀《りちぎ》に頭を下げてからカップを口に運んで、目を見開いた。

「美味しい……。それほど苦くない……むしろ甘い？　そして果実のような爽《さわ》やかさ……。これがコーヒーですか？」

「はい、これがコーヒーです」

ジークヴァルドさまに続いて、私もコーヒーを口にする。

うん、美味しい。かなり上手く淹れられたわ。

「こんなコーヒーははじめてです。苦くないし、甘くて、果実味があって……すごくいい香りで……ああ、本当に落ち着きます……」

「気に入っていただけてよかったです」

内心、ガッツポーズ。これならイケる！

「では、よろしければこちらをプレゼントさせていただけないでしょうか？」

背後のクロードに合図をすると、クロードがそっとテーブルに小箱を置く。

中には、ジークヴァルドさまの瞳と同じ色の小袋《こぶくろ》が三つ、入っている。

「これは？」

「香り袋です。同じコーヒー豆とそれを挽いたもの、それから抽出《ちゅうしゅつ》したコーヒーオイルを混ぜ込んだ蜜蝋《みつろう》が入っています」

コーヒーの香りは飛んでしまいやすいけど、かなり工夫《くふう》したから一ヵ月はもつと思う。

「枕《まくら》に入れたり、ベッドで直接匂《にお》いを嗅いでもいいと思います。神経が逆立った状態ではなかなか眠《ねむ》れないものです。その前にまず深くリラックスすることを心掛《こころが》けてはいかがでしょうか？　香りはとても効果があると思います」

瞬間、ジークヴァルドさまがビクッと身体を弾《はじ》かせる。

アメジストの双眸《そうぼう》が、すぅっと冷たさを増す。

「……なぜ……？」

「ジークヴァルドさま……その……普段《ふだん》からあまり眠れていらっしゃらないでしょう？」

ジークヴァルドさまは不眠症《ふみんしょう》だ。

正確には、夜、暗い中で眠ることができない。眠ることができるのは、夜の闇《やみ》が消える明け方から朝にかけてのわずかな時間だけ。

それは、トラウマのせい。ジークヴァルドさまは幼いころ、実の母親に殺されかけたの。夜寝《ね》ているときに、突然《とつぜん》馬乗りになられて、首を絞《し》められた――。

実の母親とは、アルジェント大公夫人のことじゃない。

実は、ジークヴァルドさまは、アルジェント大公の御子《みこ》ではなく、皇帝陛下《こうてい》の隠し子。ジェラルド殿下《でんか》とは異母兄弟なの。このことは、皇帝陛下とアルジェント大公、お二人が信頼するごくごく少数の家臣しか知らない事実。

そして、実の母親は、皇宮《こうぐう》で働いていたメイド。

皇帝陛下とそのメイドの間になにがあったのかは知らない。シナリオにはそこの詳細は描かれていないし、設定集にも記載《きさい》がなかったから。

ただジークヴァルドさまの過去として作中で語られた事実だけを言うと、メイドは陛下の寵愛《ちょうあい》を受けたことで増長してトラブルを起こしてクビになってしまった。

でも皇宮を去ったあとに、妊娠《にんしん》が発覚。これで皇宮に迎《むか》えられていい暮らしができると思ったメイドはすぐさま皇帝の第一子を授《さず》かったことを皇宮に連絡《れんらく》したんだけど――思惑《おもわく》どおりにはいかなかった。当然と言えば当然なんだけど、皇宮を出てからそこそこ時間が経っていたのもあって、本当に陛下の御子なのか疑われてしまったの。

ＤＮＡ鑑定《かんてい》なんて技術はもちろんないから、髪《かみ》や目の色、顔立ちで判断するしかない。信じてもらえないことに苛立《いらだ》ちながら、彼女は一人でジークヴァルドさまを産んだ。

産みさえすれば、信じなかった人たちを見返してやれるって思ってたみたい。

でも――生まれた子は、漆黒《しっこく》の髪にアメジストの瞳をしていた。

当然、皇帝陛下と同じ金髪《きんぱつ》金眼ではないだけではなく、メイドと同じ茶色の髪にセピア色の瞳でもないその子が皇帝陛下の実子だと、誰も信じなかった。

当てが外れて、メイドは子供を抱《かか》えて路頭に迷うわ。

その二年後、ジェラルド殿下――陛下の第一子の誕生に、国中が湧《わ》く。

その誕生を国中に祝福されているジェラルド殿下。とても幸せそうな両陛下。

女は激しく嫉妬《しっと》し――すべてを幼いジークヴァルドさまのせいにして殺そうとしたの。

『お前が黒髪で生まれなければ！』

『陛下と同じ金眼でさえあれば！』

『私は幸せになれたはずだったのに――！』

ジークヴァルドさまは二歳、そんな言葉の意味なんてわかるはずもない。

だけど、そのとき死にかけた恐怖《きょうふ》は魂《たましい》に深く刻まれてしまった。

それ以来、ジークヴァルドさまはまともに眠ることができなくなってしまったの。

皇帝から相談を受けたアルジェント大公閣下によってメイドのもとから助け出されても、その後大公家に養子として迎え入れられても、その傷が癒《い》えることはなく――彼に平穏《へいおん》な夜が訪《おとず》れることはなかった。

その凄惨《せいさん》な過去がジークヴァルドさまの口からヒロインとプレイヤーに示されたとき、私は胸が痛くて仕方なかった。

ジークヴァルドさまがヒロインと恋をして心の傷を癒《いや》し、過去を乗り越《こ》えたときには、もう泣きながら拍手喝采《はくしゅかっさい》したわ。

ジークヴァルドさまとの結婚を望むということは、心の傷を癒してくれたヒロインとの恋をしないでもらうということにもなる。

もちろん、私も彼の心の傷を癒すべく、最大限努力はするつもりよ。

でも、私はヒロインじゃないから――。

悪役令嬢の私に心の傷が癒せるかはわからない。でも、ジークヴァルドさまとの結婚を望む以上、少しでも彼の不眠症が和らぐように、短い時間でも穏やかに眠っていただけるように、できるかぎりのことをしたいと思ったの。

「なぜ……私が眠れていないと……」

「ええと……以前、何度かお見かけしたときに、目の下にうっすらクマができているのに気づいて……。あ、本当にうっすらですよ？　ほかの方は気づいてらっしゃらなかったと思います」

実際、ゲーム内でも、ジークヴァルドさまの不眠症に気づいたのはヒロインだけだった。

ジークヴァルドさま自身、使用人にも気づかれないように隠していたのもあるけれど、大公家の公子とはいえ、ジークヴァルドさまは聖騎士。社交活動は最低限にしていたのも、気づかれなかった要因の一つだと思う。

聖女が覚醒《かくせい》したあの日の夜会も、庭園に一人でいらしたでしょう？　各所に挨拶したら、ああして一人で過ごすのが、ジークヴァルドさまの常なのだ。

誰にも心を開かず、大きな秘密と傷を抱えて――。

「…………」

ジークヴァルドさまが警戒《けいかい》心をあらわにして、私を見つめる。

あ……。そ、そうなるよね。わかってはいたんだけど……。

「か、勘違《かんちが》いでしたら申し訳ありません。もちろん誰にも言っていませんし、これからも言うつもりはありません。ただ、少しでもお身体への負担が減ればと思っただけで……」

私は慌てて両手を振りながらそう言って――頭を下げた。

「よ、余計なお世話でしたね……。申し訳ありません……」

「あ、いえ……」

ジークヴァルドさまがハッとした様子で身を震《ふる》わせる。

「気づかれていたことに動揺《どうよう》しただけです。令嬢が謝ることはなにもありません。むしろお気遣いいただきありがとうございます。ただ、内密にしていただけますと……」

「は、はい、それはもちろん！　お約束いたします！」

私は全力で安堵《あんど》しつつ、大きく頷いた。

よ、よかった……。怒《おこ》ってはいらっしゃらないみたい……？

「お茶請《ちゃう》けにはナッツをご用意いたしました。実はナッツも不眠に効果があるんですよ」

ナッツには眠気《ねむけ》を誘発《ゆうはつ》したり体内時計を整える効果のあるメラトニンというホルモンに、筋肉の緊張《きんちょう》を和らげリラックスさせてくれるマグネシウムも含まれている。

「お茶請けがナッツ……？」

ジークヴァルドさまがなんだか少し意外そうにナッツを見つめて、それからハッとして私に視線を戻《もど》した。

「もしかして、私が甘いものが得意でないことも気づいていらっしゃる……？」

「あ、はい。晩餐《ばんさん》会でもお茶会でも甘いものに手をお付けになりませんし、夜会でも甘いデザートワインを断っていらっしゃったので、そうかなと……」

もちろん、これも後づけの理由。本当は全部ゲーム知識だ。

でもジークヴァルドさまは納得《なっとく》してくださったようだった。

「令嬢はよく周りを見ていらっしゃるのですね」

その言葉に、視界の端《はし》のクロードが『お？』とこちらを見る。

全身から一気に血の気が引いた。

「も、申し訳ありません！」

「え……？」

そうだ。たいして親しくしてもいない相手が自分のことをよく見ていて、自分のことにやたら詳《くわ》しいって、ストーカーみたいでものすごく気持ち悪いよね？　ちょっと考えたらわかることなのに……私の馬鹿！

どうしよう？　どうすれば挽回《ばんかい》できる？　いや、ストーカー気質と思われた時点でもう詰《つ》んでる？

助けを求めてクロードのほうを見ると、彼は『コイツ馬鹿か』という顔をしていて——ああ、私、クロードの表情筋が仕事をするほど壊滅的なやらかしをしちゃったんだ……。終わった……。

「御《ご》不快な思いを……おかけして……」

泣きそうになりながら蚊《か》の鳴くような声で謝罪の言葉を口にする私に、ジークヴァルドさまが少し考えるような素振《そぶ》りをみせる。

そして困ったように小さく息をつくと、「いいえ、不快だなんて」と首を横に振った。

「誤解をさせてしまい、申し訳ありません。どうも私は物言いが冷たいようで……。そうではなく、素晴《すば》らしいとお伝えしたかったんです」

「え……？　す、素晴らしい……？」

「ええ。周りをよく見て気遣いができるのは、とても素晴らしいことです」

私を見つめる穏やかで優しいアメジストの双眸に、トクンと心臓が音を立てる。

「私の体調を考慮《こうりょ》したうえで嗜好《しこう》にも合うメニューを考えてくださった。そのお心遣《こころづか》いは本当にありがたく、とても嬉《うれ》しいです」

「ジークヴァルドさま……」

まさか、褒《ほ》めてもらえるなんて……。

嬉しくて、なんだか頬《ほお》が熱くなってしまう。

「あ……ありがとうございます……」

「お礼を言うのはこちらのほうです」

ジークヴァルドさまが香り袋を手に取り、鼻に当てて深く息を吸う。

「本当にいい香りですね。落ち着きます……」

しみじみとしたお声で、本当に心からそう思ってくださっているのがわかる。

それが嬉しくて思わず唇を綻《ほころ》ばせると、ジークヴァルドさまがあらためて私を見つめた。

「聖女さまは、どうされていますか？」

「お健《すこ》やかにお過ごしです。お心もだいぶ落ち着かれたようですよ。今は、立派な聖女となるために、毎日励《はげ》まれています。具体的には、淑女として礼儀《れいぎ》作法や教養、聖女として帝国の歴史や神話、聖女の伝説などの知識をしっかりと学んでらっしゃいます」

「そうですか、それならよかったです」

「はい、キシュタリア公爵家としてできる最大限のことをさせていただいておりますわ。本日は神殿にて大神官さまとお会いされています」

ついでに、四人目の攻略対象――神官・アンリ・ド・スマラクトとも出逢っているはず。これは内緒《ないしょ》だけど。

「もちろん警護に抜かりはありません。万全《ばんぜん》の体制を敷《し》いております。ご安心ください」

「ええ、そこは心配しておりません。キシュタリア公爵家の騎士は優秀《ゆうしゅう》ですからね」

ジークヴァルドさまがきっぱりと言って、わずかに唇を綻ばせる。

アデライードの言葉も信用してもらえているように感じて、ふわりと胸が温かくなる。

「そうだ……。聖女の伝承についてですが、夜会会場で令嬢がお話しされていた部分で私も知らないことがあり、いくつか教えていただきたいのですが……」

美しいアメジストの双眸が、私を映している。

私はドキドキしながら、ジークヴァルドさまの言葉に真剣《しんけん》に耳を傾《かたむ》けた。


「お誘《さそ》いいただきありがとうございます。とても楽しい時間でした」

ジークヴァルドさまが重厚《じゅうこう》な玄関扉《げんかんとびら》の前で私に向き直り、胸に手を当てて頭を下げる。

「コーヒーがかつてないほど美味しかったです。香り袋もありがとうございました。今夜さっそく枕元《まくらもと》に置いてみます」

「そう言っていただけて嬉しいです。あの……またお誘いしてもよろしいでしょうか？」

「ええ、ぜひ」

ジークヴァルドさまの穏やかな笑顔に、内心ガッツポーズする。

よし！　初戦は白星。好調スタート。このまま攻略を進めていけば、私に恋していただけるかも……。

「ただ、その……」

ジークヴァルドさまがコホンと咳払いをして、目のやり場に困るといった様子で視線を逸らす。

「肌の露出《ろしゅつ》は控《ひか》えたほうがよろしいかと」

「……あ……」

そ、そうだ、忘れてた……。

かぁーっと一気に顔が赤くなる。私は慌てて胸もとを隠した。

「は、はい……。気をつけます……」

「ええ、変な勘違いをする輩《やから》がいないともかぎりませんので」

そ、そうですよね、本当にごめんなさい。発案者はしっかり減俸《げんぽう》しておきますので。

まぁ、このドレスは失敗だったけれど、クロードの助言すべてが間違《まちが》っていたわけじゃないと思う。

だってこの初戦は白星を飾《かざ》れたけれど、これでジークヴァルドさまの私への（恋愛《れんあい》的な意味での）好感度が上がったかと言われると……自信がない。って言うか、多分まったく上がっていない。だって、ほとんど聖女と聖女伝説の話しかしてなかったもの。

恋してもらうにはこれじゃいけないことはわかっていても、じゃあいったいどういった話をすれば好いてもらえるのかはわからなくて、結局それに終始してしまって……。

クロードなんか呆《あき》れて、後半表情が完全にチベットスナギツネだったし……。

だから、ドレスがやり過ぎで狙い過ぎだっただけで、やっぱりクロードの言うとおり、アデライードの魅力《みりょく》をしっかりアピールしてときめいてもらうのは必要なことなのよ。

ど、どうしよう……？　このままお帰りいただいちゃっていいの？　白星は白星だけど、クロードがチベットスナギツネ化するような結果しか出せていないのに？

でも、ジークヴァルドさまにもご予定があるだろうし、お引止めするのはどうかと……。

な、なにかないの？　ここで、今、時間をかけずに、ときめいていただけること！

ええと……ときめくこととときめくこと……あ！　キスとか⁉　いや、いきなりキスするなんて駄目《だめ》でしょ！　そんなの完全に通報案件じゃない！

あ、キスはキスでも投げキスならどうかな？　それなら通報されることもないだろうし、もっとライトでそれほど嫌悪《けんお》感もないいんじゃない？

いや、でも、投げキスって！　それはそれで、日本人（恋愛経験ゴミ）にはものすごくハードル高くない？　そりゃ、悪役令嬢のアデライードならナチュラルにやれるだろうし、しっかりサマになるうえに色っぽくて、しっかり相手を悩殺《のうさつ》できちゃうだろうけど……。

「キシュタリア公爵令嬢？」

ぐるぐると考えていると、ジークヴァルドさまが小首を傾《かし》げる。

「ジークヴァルドさま……」

えーい！　恥ずかしがってる場合じゃない！　爪《つめ》あとを残さず終わるわけにはいかないじゃない！

私は必死に自分を奮い立たせると、両手を唇に当てて、チュッと投げキスをした。

くっ……！　は、恥ずかしくて死にそう！

ジークヴァルドさまは一瞬《いっしゅん》ビクリと身体を弾かせたものの、すぐに怪訝《けげん》そうな顔をして「なにか？」と言う。

いや、『なにか？』って言われちゃったら、もうどうしようもないんだけど……。

駄目だ……。まったく効果はないみたい……。

私は顔を真っ赤にしたまま、ふるふると力なく首を横に振った。

「な、なんでもないです……。その、ちょっと……ときめいていただけないかな、なんて思っただけで……」

「…………」

――う。無言だ。

「申し訳ありません……変なことして……」

「……いえ」

ジークヴァルドさまは首を横に振ると、なにごともなかったように再び胸に手を当てて頭を下げた。

「では、楽しい時間を本当にありがとうございました。失礼いたします」

「こ、こちらこそ……」

これに懲《こ》りずに、また来ていただけると嬉しいです……。

家令が扉《とびら》を開け、ジークヴァルドさまが身を翻《ひるがえ》す。

なんとか笑顔を保ち、優雅に手を振ってお見送りをする。

そして――扉が閉まった瞬間、私はその場に膝《ひざ》から崩《くず》れ落ちた。

うわぁあぁぁぁ！　恥ずかしい！　最後の最後にかかなくていい恥《はじ》かいた！

尋常《じんじょう》じゃないほど真っ赤に染まった顔を両手で覆《おお》って身悶《みもだ》える私に、クロードの冷静な声が追い打ちをかける。

「……最後のは、いったいなにがしたかったのかお訊きしてもよろしいですか？」

「クロード、追い打ちかけないで……！」

言ったでしょ⁉　ちょっとときめいてもらいたかったんだって！

両手で顔を覆ったままそう言うと、クロードが鼻で笑う。

「くっ……！　見てなくても、『馬鹿かコイツ』って思ってるのがわかるわ！」

「そうですね、思ってます」

「正直か！」

思わず、クロードをにらみつける。

しかしクロードは、そんなのどこ吹く風だ。わかっていたけど。

「お嬢さまは、アルジェント公子を十歳児《さいじ》かなにかだと思ってらっしゃるのですか？」

「そんなわけないでしょ！」

「だったら、あれはないかと。そりゃ、『なにか？』って言われますよ」

「ううう……」

もうわかってるから！　がっつり落ち込んでるから！　しっかり反省もしてるから！

「……ちょっとそっとしておいて……」

「かしこまりました。ただ、そこで落ち込まれても鬱陶《うっとう》しいですし、みなの仕事の邪魔になりますので、お部屋でどうぞ」

「……はい……」

ご迷惑《めいわく》をかけないようにいたしますので、ゆっくり落ち込ませてください……。

のろのろと顔を上げた——そのとき、再び扉が開いた。

お見送りを終えた家令が戻ってきたんだと思ったんだけど、視界を占《し》めたのはヒラリと軽《かろ》やかに揺れるドレスの裾《すそ》。

ハッとして顔を上げると、フィオナさまが不思議そうに私を見下ろしていた。

「ただいま戻りました……アデライードさま？　どうされたんですか？　座り込んで」

「あ……。お帰りなさい。フィオナさま。これは……ええと……」

「あ、お茶会でしたよね？　どうでした？　楽しかったですか？」

思わず言葉に詰まるも、間髪《かんはつ》容《い》れずクロードが「見事に玉砕《ぎょくさい》しまして、今からお部屋で盛大《せいだい》に落ち込んでくるそうです」と暴露《ばくろ》する。私はギロッとクロードをにらみつけた。

「言い過ぎ！　玉砕まではしてなくない？　お茶会としては上手くいったでしょ⁉」

「え？　ああ、はい。ただお茶会がしたかっただけなら、たしかに成功しましたね」

やめて！　私のライフはもう０だから！

瀕死《ひんし》の状態で床《ゆか》を見つめる私に、フィオナさまが小首を傾げる。

「え？　ただのお茶会じゃなかったんですか？　そういえば、ものすごく気合いを入れておられたような？」

「あ……。その、実は……」

「お嬢さまは、お茶会に招待した男を落としたいそうで」

「え……？」

瞬間、フィオナさまがひどく真顔になる。

「誰です？　その腹が立つほど幸運な男は」

「え？　幸運……？」

なんで幸運？

内心首を傾げるも——今、気にするのはそこじゃないよね。

私は「ええと……」と口ごもり、下を向いた。

どうしよう……。なんて言おう……？　ジークヴァルドさまはメイン攻略対象だもの。フィオナさまがジークヴァルドさまに好感を持つ可能性は高いわ。

フィオナさまがジークヴァルドさまを好きになったら。私とフィオナさまはライバルになってしまう……。懐柔《かいじゅう》作戦がおじゃんになってしまうわ……。

「…………」

でも私だったら、ここで嘘《うそ》をついて、隠して、出し抜こうとする人間なんかとは絶対に仲良くなりたくない。

正直に話そう。恋敵《こいがたき》になったとしても——そのときはそのときよ。

私はクロードの手を借りて立ち上がって、まっすぐフィオナさまを見つめた。

「ジークヴァルド・レダ・アルジェント公子です……。ジークヴァルドさまに……恋していただきたいんです……」

「……アデライードさまはそのジークヴァルドさまのことがお好きなんですか？」

ドクンと心臓が音を立てて跳《は》ねる。

私は息を呑んで、フィオナさまを見つめた。

なぜだろう？　その言葉が、まるではじめて出逢ったかのように鮮烈《せんれつ》に、心の中に染み込んできたから。

「好……き……？」

私が、ジークヴァルドさまを？

「え？　違うんですか？」

予想外の反応だったのか、フィオナさまが不思議そうに首を傾げる。

「どう……なんでしょう？」

正直、よくわからない。

そもそも、恋愛自体、よくわかっていない。

親や友達に対する『好き』と、恋愛の『好き』はなにが違うの？　どう違うの？

たしかに、ジークヴァルドさまの姿を見るだけで、ドキドキするわ。

あのアメジストの双眸に見つめられるだけで、胸が熱くなるし、締めつけられる。

彼の言葉に、行動に、自分でも不思議なぐらい一喜一憂《いっきいちゆう》もする。

それは、恋をしているからなの？　本当に？

だって、それは『推《お》し』に対してだってするじゃない？

もっと言えば、推している作品、それを生み出してくださった作家先生や漫画《まんが》家先生、声優さんにだってドキドキするよ？　ファンレターやメッセージにお返事をいただけたら、それだけで半年は幸せな気持ちでいられるわ。多忙《たぼう》なせいで体調を崩されりしたら心臓が潰《つぶ》れそうな思いをするし、応援《おうえん》することしかできないことを悔《くや》しく思ったりもする。

自分に恋をしてもらいたいのは、結婚したいからだ。どうして結婚したいかというと、悲惨な最後を迎えたくないから。定められた運命から脱《だっ》したいからだ。

同時に――前回、私を庇《かば》ったせいで予定にない死を迎えてしまった彼を守りたいと思う。もう二度と、あんなふうに死なせたくない。

たとえばの話――悲惨な死を回避できるとわかっていたら、私はジークヴァルドさまに恋してもらおうと今のように必死になっていただろうか？

いいえ、きっと『一回目』と同様、かかわろうとしなかったんじゃないかな。

それって、ジークヴァルドさまに恋をしてるって言える？　私は言えないと思う。

「……っ……」

胸内になんだか苦いものが広がる。

ジークヴァルドさまには、私のことを好きになってもらいたい。

でも、私自身はジークヴァルドさまを好きだと言ってはいけない気がする。

そんな耳触《ざわ》りのいい言葉で誤魔化《ごまか》してはいけない。

私はジークヴァルドさまを利用するの。

悲惨な死を回避するために。

それを、私自身は忘れてはいけないわ。

私は曖昧《あいまい》に笑って、力なく首を横に振った。

「恋って……わたくし……よくわからないの……」

「え……？　でも、ジークヴァルドさまに好きになってほしいんですよね？」

フィオナさまがパチパチと目を瞬《まばた》く。私は頷いた。

「ええ。でも、たとえば、たしかな血筋の高貴な家の出で、爵位《しゃくい》持ちで、あり余るほどの財産もあって、才能に満ち溢《あふ》れていて、周りから高い評価を受けている。歳《とし》は十歳上までＯＫで、年下は駄目。顔は超美形がよくて、身長は高ければ高いほどいい——それが結婚相手の理想だったとして、その条件にピッタリの人を見つけたから結婚したいと思うのは、それは恋ではないでしょう？」

「え？　ええと……たしかにそれは恋ではない、の……かな？」

「わたくしの『恋をしてほしい』は、それに近い気がするのです……」

まさしくそうだと思う。ジークヴァルドさまに悲惨な死を回避できる可能性を見出《みいだ》したからこそ、結婚したいって目指しているわけだから。

私の言葉に、フィオナさまは納得がいかなかったらしい。「そうでしょうか？」と眉をひそめて、さらに首を傾げた。

「きっかけはそうだったとしても、その方に『好きになってもらう』ために自分を磨《みが》き、努力をするのは、恋をしているからなんじゃないんですか？　私、知ってますよ。近くで見ていましたもの。アデライードさまが、今日のお茶会を成功させるために何日も前から入念に準備していたこと。条件が合うってだけの男性にあそこまでできるものですか？」

「え……？　でも……」

「そもそも私は、好きでもない男性に好かれたくなんかないですけど……。好いてもらいたいのは、好感を持っているからこそなんじゃないですか？」

「…………」

そう……なのかしら……？　もちろん、ジークヴァルドさまのことは嫌いじゃないわ。どちらかと言われたら、好ましく思っているのは間違いない。

でも、やっぱり私は、目的のために彼に近づいたのであって——。

「それで、その格好なわけですね？」

あっ！

フィオナさまの言葉に、私は慌てて胸もとを隠した。

「こ、これは、クロードが……！　男性の気を引くのにいいって……！」

「……へぇ……」

あわあわと言い訳すると、フィオナさまがギロリとクロードをにらみつける。

「たしかにそういうのが好きな男性は多いと思いますけど、時と場合を無視したあからさまな狙い過ぎには引いちゃう方も、それはそれで多いと思います」

ですよねぇっ！　私もそう思います！

「ジークヴァルドさまは引いちゃう方でした……。そこは大失敗で……」

「あら……」

トホホとため息をつく私に、フィオナさまは気遣わしげに……でもどこか嬉しそうに微笑《ほほえ》んだ。

「大丈夫です。意気込み過ぎての可愛い失敗ぐらいに受け取ってくれていると思いますよ。玉砕だなんて、そんなことはありませんよ」

「そ、そうでしょうか？」

「ええ、だってアデライードさまですから」

どういう意味？

よくわからない主張に首を傾げる私に、フィオナさまは笑顔でさらに元気づけてくれる。

「大丈夫ですよ、私を信じてください。あ！　男の人はギャップに弱かったりしますよ。清楚《せいそ》な印象なのに、たまに見せる色香のある妖《あや》しい仕草にドキッとする……みたいな？」

ああ、たしかに。ギャップは女性も好きよね。普段は可愛いワンコ属性がたまに見せる雄《おす》の顔だとか。粗野《そや》で乱暴な不良がたまに見せる真面目な一面とか。

なるほど。そういう方向なら私もわかりやすいし、攻《せ》めやすいかも？

……そうよね。落ち込んでたって仕方がない。過ぎたことをグズグズと嘆《なげ》いてたって、運命は変えられない。ちゃんと反省したら、前を向く。そして次、反省を生かして全力を尽くさなきゃ！

私は大きく頷いて、フィオナさまの手を握った。

「ありがとう！　頑張るわ！」

次は、絶対にときめいていただくんだから！

元気を取り戻したアデライードが、階段を駆け上がってゆく。
その後ろ姿を見送って、フィオナはクロードにこっそりと近づいた。

「……正直、そのジークヴァルドさまとやらはどうなんですか？」

「どうとは？」

「あんなセクシーなドレスを着ておきながら、男への免疫《めんえき》のなさ丸出しで真っ赤になって恥じらってるアデライードさまってば最高に可愛いじゃないですか。正直、それを狙ってあなたはあのドレスを提案したんじゃありませんか？」

フィオナが「もし違うのなら……すみません、私、クロードさんを買い被《かぶ》っていたようです。できない男として認識《にんしき》を下方修正させていただきます」と視線を鋭くする。

「下方修正は必要ありませんよ。たしかに、それが狙いでした」

「そのあたり、アデライードさまはまったくわかってらっしゃらないみたいですけど……実際のところ、ジークヴァルドさまの反応はどうだったんですか？」

「私が見るかぎり、動揺してらっしゃいましたね。投げキスはしっかり刺《さ》さったみたいで、一瞬固まってましたよ」

「はっ⁉　投げキス⁉　アデライードさまのですか⁉」

「ええ、色気もへったくれもない、口臭《こうしゅう》を両手で差し出しているような動きでしたが」

「み、見たかった〜っ！　絶対可愛いヤツじゃないですか！」

フィオナが心の底から悔しそうに、ギリギリと歯を食《く》い縛《しば》る。

「それで？　固まるだけですか？　卒倒《そっとう》とかしなかったんですか？」

「まさか。相手は仮にも聖騎士ですよ？　しかもあの『氷の公子』。鋭い者がかろうじて気づけるぐらいの小さな動揺を引き出せただけでもすごいことですよ」

「ええ～っ！」

フィオナがひどく不満そうに頬を膨《ふく》らませる。

「卒倒ぐらいしてくれたら、しょうがないかぁって気にもなるのになぁ～。正直なところ、あの可愛さがわからない人にアデライードさまを渡《わた》したくないです」

「……フィオナさまは、実は男性が相当お嫌いですよね？」

フィオナはそれには答えず、目を細めた。

嫌いなのは男だけじゃない。そもそも、人間が嫌いだ。自分も含めて。

黙って笑《え》みを浮かべるフィオナに、いろいろと察したクロードはそっと肩をすくめた。

「うちのお嬢さまはたいへんお気に召《め》したようですね」

「だってあんな方……ほかにいないじゃないですか……」

思い出すだけで、胸が高鳴る。

聖女として覚醒したあの日――自分のもとに一番に駆けつけてくれた。高貴な令嬢なのに全力疾走《しっそう》してきたとわかるほど髪を乱し、汗《あせ》を掻き、肩で息をして。

拳《こぶし》を振り上げる男にいっさい怯《ひる》むことなく、わずかな躊躇《ためら》いすらなく、割って入ってくれた。強く抱《だ》き締めて、守ってくれた。

『聖女』ではなく『フィオナさま』と呼び、『聖女はこうあるべき』といった判断はせず、フィオナ自身の気持ちを大切に、フィオナにとってなにが最善かを考えてくれた。

父親がしたことにはフィオナ以上に怒り、思いっきりやり返して抗議《こうぎ》してくれた。

無様に泣き喚《わめ》いてしまったときも――優しく抱き締めて、ただ黙って傍《そば》にいてくれた。

「私の教育についても、普通《ふつう》は家庭教師を雇《やと》うと思うんです。そのほうがラクだし、確実でもあるし、わかりやすくお金をかけている分、恩に着せることだってできますし。でもアデライードさまは人任せにせず、教師役を買って出てくださった。私のために本を選び、解説をし、嫌な顔一つせずに何度もお手本をみせてくださる。ダンスのお相手もしてくださる。私のために貴重なお時間を費《つい》やしてくださるんです。覚えておくべき家門や頼《たよ》りにすべき人物などのリストを徹夜《てつや》で作成してくださったこともありました」

挙げるときりがない。このたった数日の間に、どれだけのことをしていただいただろう。

自身の時間を削《けず》って、目の下にクマを作ってまで、フィオナのためにと尽くしてくれた。

『聖女』のためではない、フィオナのためにだ。

「そこまでしても、あの方は『恩人だなんておこがましい』と仰《おっしゃ》るんです」

決して自分を信じろとは言わない。それどころか、自分の意見だけを鵜呑みにするなと言う。自分以外の者の意見も必ず聞くようにと。

『ご自身の目と耳で、心から信頼できる人を見つけてくださいませ』と――。

聖女に取り入ろうとしない。

何一つ要求しようともしない。

ただただ心を尽くしてくれる。

「そんな方、ほかにいますか……？」

少なくとも、自分が知る『高貴な身分の令嬢』にそんな人間はいない。教養なしは蔑《さげす》み、嘲《あざけ》り、踏《ふ》みつける。上の者にはわかりやすく媚《こ》びる人しか知らない。

「……非常に恩義を感じていらっしゃるのはわかりましたが、盲信《もうしん》するのは危険ですよ。お嬢さま自身、そう仰られていたでしょう？」

「……私、妄信しているように見えますか？」

「危なっかしくは見えますね。お嬢さまも、なにか目的があってあなたに尽くしているのかもしれませんよ？　少しでもその可能性を考えましたか？」

「ええ、もちろんです」

フィオナは寂《さび》しげに微笑んだ。

無条件で誰かを信用することなんてできない。

それができる純粋《じゅんすい》な心なんて、すでに失くしてしまっている。

親切には裏があるものだ。なにも求めない善意なんて存在しないと思っている。

それでも……。

「さっきの恋の話と一緒ですよ。アデライードさまは、悲鳴が聞こえた現場に単身で勇猛《ゆうもう》果敢《かかん》に飛び込んできて、身を挺《てい》して守ってくれた。そして『聖女』ではなく『私』を見てくれた。たとえほかに目的があってのことだったとしても、危険も顧《かえり》みず、時間も労力もお金も惜《お》しまず、これだけ心を尽くすことができるなら、それはもう『本物』です」

フィオナはそう言って、にっこりと笑った。

「そういうわけなんで私、ジークヴァルドさまがくだらない男なら、アデライードさまを渡したくないんですよ。アデライードさまに泣いてほしくないから」

「まぁ、半分は同感ですね。公子なら大丈夫だと思いますが」

その言葉に、フィオナはクロードを見つめたまま口もとの笑みを消した。

「あの、クロードさんは、アデライードさまを恋愛的な意味で好きだったり……」

最後まで言う前に、クロードがこの世の終わりのような顔をする。

「わぉ……。鉄面皮《てつめんぴ》がものすごい顔しましたね……。そんなに嫌ですか？」

「あり得ませんね！」

思いがけず強い拒絶《きょぜつ》に、フィオナがむぅーっと頬を膨らませる。

「なんですか⁉　その言い方！　アデライードさまじゃ不服だとでも⁉」

「は……？　なんでそこで怒るんです？　フィオナさま的には安堵するところでは？」

「アデライードさまに魅力がないかのような反応は、それはそれで腹が立つんですっ！」

「いや、そんな怒り方をされましても……」

クロードが「面倒臭いなぁ、この人……」とため息まじりにぼやく。

「とにかく、それだけはあり得ませんから」

「じゃあ、排除《はいじょ》する必要はなさそうですね。よかった」

「え？　肯定《こうてい》していたら排除する気だったんですか？」

「ええ」

まったく迷うことも躊躇うこともなく頷いたフィオナに、クロードが再びため息をつく。

「……まさか、アルジェント公子のことも排除しようとお考えですか？」

「そちらは、アデライードさまにふさわしくないと思えば」

フィオナが再び大きく頷く。

そして、唇に人差し指を当て、悪戯《いたずら》っぽく笑った。

「もちろんアデライードさまが泣いちゃうようなことはしません。嫌われたくないですし、アデライードさまに大切にされるポジションを誰かに譲《ゆず》る気もないですし。そのときは、あくまでアルジェント公子のほうから退場していただくように仕向けたいと思ってますので、協力してくださいね」

したたかな計画に、クロードは三度目のため息。

「……悪い人ですね」

「ええっ？　まさか！」

フィオナは大仰《おおぎょう》に言って、にまっと笑った。

「私、聖女ですよ？」


ゴトゴトと馬車が進む。

ジークヴァルドは天上を見上げて、ため息をついた。

「予想外だったな……」

あんな——下品と言っても差し支《つか》えないドレスを着ておきながら、振る舞《ま》いは淑《しと》やかで、受け答えは真面目で誠実。笑顔は一斉《いっせい》に花が咲《さ》いたかのように華やかで可憐《かれん》、コーヒーや聖女の話をしているときは知的で凛《りん》としていて、すぐ真っ赤になって恥ずかしがるさまは思いがけず可愛らしかった。可愛らしいと——思ってしまった。

「…………」

いただいた香り袋の香りを嗅いで、気持ちを落ち着ける。

キシュタリア公爵令嬢は、権力を笠《かさ》に悪行三昧《あくぎょうざんまい》の性根《しょうね》の醜《みにく》い女という噂《うわさ》だった。

気に入らない人間は虐《いじ》め抜き、男癖《ぐせ》は悪く、我儘放題で周りに迷惑ばかりかけていると。

しかし、聖女が覚醒したあの日に見せたのは評判とは真逆の姿だった。危険を顧みず、髪を振り乱《みだ》して、額に汗して、聖女のために奔走《ほんそう》した。

そして、本日見せた姿もまた、噂ともあの日のそれともまったく違っていた。

どの彼女が本物なのだろう？

「俺に近づいた目的を探《さぐ》るつもりだったんだが……」

むしろ、わからないことが増えてしまった。

「どうしたものか……」

背もたれに身体を預けて、目を閉じる。

『あなたが、今以上に輝くことです』

ふと、脳裏《のうり》に声が響《ひび》く。

銀髪《ぎんぱつ》の女性がこちらを見つめている。顔ははっきり見えないが、雰囲気《ふんいき》はキシュタリア公爵令嬢によく似ていた。

『国一番の男になってください。聖女さまの御為《おんため》に』

それだけ言って身を翻し、逃《に》げるように去ってゆく――。

ジークヴァルドはハッと身を震わせて、目を開けた。

「今のは……？」

ジークヴァルドは額を押さえ、呆然《ぼうぜん》と呟《つぶや》いた。

第四章 前世も今世も心優しいあなたのために

「素晴《すば》らしいですわ！」

私はパチパチパチと拍手《はくしゅ》して、フィオナさまに駆《か》け寄《よ》った。

「ステップはもちろんのこと、視線、笑《え》み、最後の挨拶《あいさつ》のお辞儀《じぎ》の角度まで完璧《かんぺき》でした！　ダンスはもう言うことありません！」

「ほ、本当ですか？　やったぁ！」

フィオナさまがぱぁっと表情を明るくする。――はい、可愛《かわい》い。

ダンスだけじゃない。貴族の子女としてのマナーやエチケット、教養についてもさまになった。知識――社交界のルール、マナーについてはまったく問題ないレベルになった。覚えておくべき貴族の家門、神話や聖女伝説についても、しっかり下地は作れたと思う。嗤《わら》われたり、蔑《さげす》まれたり、侮《あなど》られることは絶対にないと断言できる。

十日よ？　たった十日！　十日でこの結果は上々――どころか最高じゃない？

「クロード、フィオナさまのパートナー役、お疲《つか》れさま。クロードの所作は本当に優雅《ゆうが》で、見ていて惚《ほ》れ惚《ぼ》れするわ」

正直、フィオナさまが短期間でこれだけ上達したのは——もちろん本人の能力の高さもあってのことだけれど、パートナーを務めたのがクロードだったのも大きいと思う。

「……はぁ、どうも」

しかしそんな称賛《しょうさん》にも、クロードはまったく興味がない様子で雑な返事をした。

「いただいた報酬《ほうしゅう》の分はちゃんと働きますよ」

——うん、クロードのそういうところ、本当に信用できるわ。報酬を惜《お》しまなければ、最高の働きをしてくれるってことだもの。

「フィオナさま、本当によく頑張《がんば》りましたね」

「先生がよかったんですよ。アデライードさまとクロードさんのおかげです」

フィオナさまは本当に嬉《うれ》しそうに笑って、顔の横で両手を合わせた。

「いただいた分、しっかりお返ししますからね」

「あ、はい」

私はピッと姿勢を正した。

ここで攻守《こうしゅ》——いえ、先生と生徒交代。フィオナ先生による、マイフェアレディ講座。

つまり、ジークヴァルドさまに好きになってもらえる女性になるため、フィオナさまにアドバイスをいただいているの。

「先日、カタログから選んだ試着用のドレスが届いたんですよね？」

「あ、はい。別室に用意してもらいました」

「見てみましょう見てみましょう。楽しみにしてたんですよ～」

なんだかウキウキしているフィオナさまを一緒《いっしょ》に、その別室へ移動する。

「うわぁ～っ！」

「……うわぁ……」

中に入って――フィオナさまは歓声《かんせい》を、私は不安の声を上げた。

室内にはドレスを着たトルソーがところ狭しと並んでいる。ほかにも、長テーブルに靴《くつ》やバッグ、アクセサリーなどもズラリと並べられていた。

数が数だけに壮観《そうかん》なんだけど――並んでいたのは、ヒロインにこそふさわしいであろうとても乙女《おとめ》らしい白や淡《あわ》いパステルカラーのものばかり。こ、これは～……。

「見事に、アデライードさまが選ばない色やデザインばかりですね」

クロードが逆に感心したかのように言う。

「そうですね、アデライードさまのクローゼット、なんて言うか毒々し……あ、いえ」

フィオナさまがしまったというように口を噤《つぐ》む。――いえ、そのとおりだと思う。私が持っているドレスは黒に紺《こん》、紫《むらさき》や真紅《しんく》といった、まさに悪役令嬢《れいじょう》って色ばかりだもの。

「すっごくお似合いなんですけどね？　私は好きですよ！　部屋に飛び込んできたときのアデライードさま、最高に攻撃《こうげき》的でかっこよかったですし！」

「あ、ありがとう」

「でも、ジークヴァルドさまに好きになっていただくだけじゃなく、アデライードさまに対する世間のイメージを刷新したいんですよね？　じゃあ、まずはわかりやすく、服装やメイクでガラッとイメージを変えるのは必要だと思います」

そう、実はフィオナさまの教育のめどが立ってきたころから、『一回目』では最小限に控《ひか》えていた社交活動を精力的にしはじめたの。

最低最悪な悪女のイメージを変えるため。

そして、一人でも多くの味方を増やすために。

もちろん最終目標は悲惨《ひさん》な死を回避《かいひ》することだけれど、アデライードの傍《そば》にいることで、フィオナさまやジークヴァルドさまの評判が悪くなってしまうのも阻止《そし》したいから。

アデライードは変わったと、積極的にアピールしているところだ。

「今までのわたくしとは違《ちが》うと、見た目からもアピールするのですね？」

「そうです」

「それはわかるのですが……」

私は美しいドレスたちをチラリと見た。

「わたくしに似合うでしょうか……」

正直、まったく自信がない。

淡いパステルカラーなんて、日本で社畜《しゃちく》やってたときにも着てないわ……。そのときはあまりにも喪女《もじょ》過ぎて、だけど。

自身のイメージに合わないのは、アデライードになってからも同じで……いえ、むしろアデライードのほうがひどいかも？　悪役令嬢にヒロインドレスなんて似合うわけが……。

しかし、フィオナさまは「大丈夫《だいじょうぶ》ですよ」と太鼓判《たいこばん》を押す。

「中身のイメージにはピッタリですからね」

「はい？」

私、こんなヒロイン属性じゃないですけど……。

その言葉でますます不安になったわ。

「どれから着ていただきましょうか。アデライードさまの瞳《ひとみ》の色に合わせたブルー系からにしましょうか」

「ああ、いいですね。あとはアルジェント公子の瞳の色に合わせた紫系など」

「イエローやグリーン系よりは、ピンク系のほうがいいですよね？」

「そう思いますが、似合わないこともないのでは？　パートナーにもよるかと思いますね。たとえば、フィオナさまとお茶会などに参加されるときは、イエローやグリーンもいいと思います。フィオナさまの髪《かみ》や瞳の色に合わせているのだとわかりますし……」

「ああ、なるほど」

フィオナさまとクロードが私そっちのけでドレスを選びはじめる。

ほ、本当に大丈夫？　パートナーの髪や瞳の色に合わせてとか、もう似合う前提で話をしてない？　壊滅《かいめつ》的に似合わない可能性だってあるよ？　なにせこちとら悪役令嬢だもの。

「じゃあ、まずはコレですね」

「そうですね」

そう言って二人が差し出したのは、プリンセスラインが可愛い淡い青のドレスだった。リボンやレースなどの装飾《そうしょく》に私の瞳と同じ紺色が使われていて、それが締《し》め色でいいアクセントになっている。

「………………」

可愛い。めちゃくちゃ可愛い。

それだけに、不安で仕方がない。

ドレスを見つめたまま固まっていると、フィオナさまが私の腕《うで》を取る。

「では、お着替《きが》えしましょう！」

そのままズルズルと半ば引きずるようにして、隣室《りんしつ》に連れ込まれてしまった。

「シェスカ、一着目はこれで！」

「はい！　お髪《ぐし》はどういたしましょう？　メイクもいたしますか？」

「試着だけでいいと思うわ。今日は数をこなしたいし」

フィオナさまがテキパキとシェスカに指示をしてから、私を見てにっこりと笑う。

「じゃあ、私、次のドレスを選びながら待っていますね！　楽しみにしてます！」

「……期待しないでください」

私は力なく笑って、シェスカに手伝ってもらってドレスを着た。

おそるおそる鏡を見ると――う。違和感《いわかん》しかない。これはクロードあたりにボロクソに言われそう……。

私はため息をつきながら、フィオナさまとクロードが待つ部屋へ戻《もど》った。

「っ……！　最っ高……！」

瞬間《しゅんかん》、フィオナさまが両手で口元を覆《おお》い、そのままガクリと床《ゆか》に崩《くず》れ落ちる。

「め、女神《めがみ》がいた……！　アデライードさま、可愛過ぎますって！」

「う、嘘《うそ》ですよ！　違和感がすごいですもん！　ねぇ？　クロード！」

しかし、クロードは真顔で首を横に振《ふ》った。

「いえ、お似合いですよ。アルジェント公子とのお茶会で着た下品ドレスよりよほど」

……アレを薦《すす》めたの、クロードだったはずよね？

「私がクロードを傍に置いたのは、NOが言えるからだって言ったはずだけど？」

「ええ、ですからちゃんと本心です。嘘でもお世辞でもありません、とてもお似合いです。違和感があるのはただ単に見慣れていないからだと思いますよ」

「ええ……？」

本当？

「でも、こういうのは絶対にフィオナさまのほうが似合うと思うんですけど……」

「アデライードさまはご自身をわかってませんねぇ……」

え？　いやいや、悪役令嬢がヒロインに勝てるわけないじゃない。アデライードよりもフィオナさまのほうが万倍も可愛い。それは間違《まちが》いないわ。

「違和感は見慣れてないだけなんで、見慣れれば消えますよ。ってことで、じゃんじゃん着ていきましょうね！　これ、全部！」

「全部⁉」

何着あると思ってるの⁉

「フィ、フィオナさま。全部はさすがに……」

「アデライードさまに一番似合うものを選ぶには、全部です！　いいんですか？」

フィオナさまがずいっと身を乗り出し、私の目を覗《のぞ》き込む。

「試着せず、注文もしなかったものの中にこそ、アデライードさまに一番似合っていて、ジークヴァルドさまのハートをぶち抜《ぬ》くドレスがあるかもしれませんよ？」

「……う……」

そ、それを言われると弱い……けど。

「でも、このあと魔導具《まどうぐ》といろいろな商品開発の打ち合わせもあって……」

「はい。クロードさんから聞いています。まずは、温かい便座にドライヤー？　という物。万年筆、ボールペン、そしてマヨネーズ？　カレー粉？　という調味料……でしたっけ。あとはなにやら護身用の魔導具の開発にも着手しているとか？　応援《おうえん》してますよ」

「は、はい。そうなんです。なので……」

「そのとおりです。だから、文句は受けつけません。モタモタして時間を無駄《むだ》にしないでいただきたい。一着あたり五分三十七秒ほどでお願いします」

　クロードが懐中《かいちゅう》時計を確認《かくにん》しながらぴしゃりと言う。

「ええ〜っ！　で、でも！」

「文句は受けつけないと言ったはずですが？　さぁ、お早く！」

　ううっ！　横暴っ！

　そのまま次のドレスとともに隣室に押し込められてしまう。

　私はため息をつきながら、ドレスを脱《ぬ》ぎはじめた。


「では、天よりナイツオブブラウンズに選ばれた方は、現状四名ということですの？」

サロンの主催者《しゅさい》――スマラクト公爵《こうしゃく》夫人《ふじん》が少し身を乗り出すようにして尋《たず》ねる。

スマラクト公爵夫人のサロンは、さまざまな分野の知識人が集まることで有名だ。

本日の議題は、『聖女伝承について』。

私はにっこり笑って頷《うなず》いた。

「はい、わたくしが把握《はあく》している限りでは、そのとおりです」

大昔の聖女が描《えが》かれている絵画の前に立っていた男性が、ハイと手を挙げる。

「お会いするだけでよろしいのですか？　触《ふ》れたりなどしないと証《あかし》が現れないことは？」

「伝承では、お会いするだけのようです。現在は、聖女さまの心の安寧《あんねい》を最優先に考えて
我がキシュタリア公爵家にご滞在《たいざい》いただいておりますが、いずれ王宮にてお披露目《ひろめ》があり、神殿《しんでん》に居を移されます。その際にはより多くの方と対面されるでしょうから、ナイツオブラウンズに選ばれる方が増えるかもしれませんね」

「天よりナイツオブラウンズに選ばれるのは、男性のみですか？」

「いいえ。私が調べた限りでは、そのような制限はありませんでした。ですから、女性が選ばれる可能性も十二分にあるかと」

「現状、帝国《ていこく》では女性は国を動かす要職に就《つ》くことができません。それでも皇帝《こうてい》になれる可能性があるということですか？」

私は再度頷いた。

「ええ、そのとおりです。天は、性別で人を区別したりいたしません。才能は性別に宿るものではありませんから。王の資質のあるなしは、性別には関係ありません」

十九世紀後半のヨーロッパがモデルのこの世界、まだ男女は平等ではない。

だから、思いもしなかったのだろう。紳士淑女《しんししゅくじょ》が息を呑《の》み、顔を見合わせる。

「たしかに現在、女性は大臣職に就くことができません。でも、ご存じですか？　女性が皇帝になってはならないという法は存在しないのです」

「——！」

そう——。ここはゲームの中。つまり、創作物の世界だ。十九世紀後半のヨーロッパがモデルになっているけれど、もちろん実際のそれとは違うし、ゲームで遊ぶプレイヤーが不快に思うことがないように、二十一世紀の日本の考え方がきちんと反映されている。

つまり性別などで権利を著《いちじる》しく阻害《そがい》するような設定はなされていないのだ。

「男性にも女性にも、可能性は等しくございます」

「等しく……そんなことが……」

「まさか……」

なにを言っているんだとばかりに顔をしかめる人もいるけれど、期待や希望を持つ人もいるようだ。言葉にはしなくても、キラキラした瞳がそれを物語っている。

「すべては天の意志ですわ」

にっこり笑うと、スマラクト公爵夫人の隣《となり》に座っていた男性が感嘆《かんたん》の息をつく。

「いやぁ、それにしてもお詳《くわ》しい。公爵家に伝わる書物があると聞きましたが……」

「はい、曽祖父《そうそふ》だったか高祖父だったか、そのあたりの方が遺《のこ》してくださった研究資料がたくさんあるのです」

「なんて素晴らしいのでしょう」

「いいえ、わたくしなどまだまだですわ。たまたまこの分野では少し語れるだけで……。こんな素晴らしいサロンを開催《かいさい》されているスマラクト公爵夫人をはじめとしてさまざまな分野でご活躍《かつやく》のみなさまに追いつけるよう、これからも精進《しょうじん》いたします」

知識をひけらかしただけで終わってはいけない。それじゃ、今までと変わらないもの。主催者の顔を立てて、参加者のみなさまにもしっかりと敬意を払《はら》う。

頭を下げた私に、スマラクト公爵夫人が穏《おだ》やかに微笑《ほほえ》んだ。

「令嬢をお招きしてよかったですわ。有意義な話をたくさん聞かせていただきました」

「ええ、本当に。よい学びを得られましたわ」

よかったぁ～。そう言ってもらえて嬉しいです。よろしければ次も呼んでくださいませ。さまざまな分野の話題についていけるように勉強も頑張りますので。

スマラクト公爵夫人の言葉に心の底から安堵《あんど》しつつ、私はそっと立ち上がった。

「少し、お花を摘《つ》みに」

笑顔《えがお》で挨拶して、サロンを出る。

そのまま足早に移動して、お化粧《けしょう》室に入って――私はグッと拳《こぶし》を握《にぎ》った。

うん、今回はすごく上手《うま》くいってるんじゃない？　とってもいい感じだわ。

とくにスマラクト公爵夫人は攻略《こうりゃく》対象の神官・アンリのお母さまでもいらっしゃるし、ぜひともお近づきになっておきたい。

『一回目』はとにかく避《さ》けることばかり考えてきたから、攻略対象はともかくその周りの人にかんしては攻略――ええと、仲良くするための情報がほとんどない状態なのよね……。

だから、完全に手探《てさぐ》り状態で関係を作らなきゃいけなくて、すごくたいへん……。

でも、考えたら普通《ふつう》はそうなんだよね……。人間関係を築くに当たってやり直しなんてできないし、アイテムやら攻略本なんて便利なものも存在しないから……。

頑張ろう。頑張って、いい関係を築くのよ。悲惨な死を回避するために。

「……よし！」

気合いを入れ直してから、お化粧の確認をし、身支度《みじたく》を整え、お化粧室を出る。

サロンへ戻ろうと、廊下《ろうか》の曲がり角に差し掛《か》かった――そのときだった。

「スマラクト公爵夫人は人が良過ぎるな。キシュタリア公爵令嬢なんて……あんな評判の悪い女を招いてやるなんて」

突如《とつじょ》聞こえた声に、私は思わず足を止めた。

え……？

「まったくだ。次男がナイツオブラウンズに選ばれたからじゃないか？」

「ああ、それでか……。息子《むすこ》を皇帝にしたいのか？　出家して神官になってるのにな」

「息子に俗世《ぞくせ》への未練はなくとも、あのオバサンにはしっかり欲があるってことだろう。皇太后《こうたいごう》になりたいとかな」

悪意しか感じない物言いと嘲笑《ちょうしょう》に、思わず眉《まゆ》をひそめる。

そうっと廊下の先を窺《うかが》うと、貴族の子息たちがニヤニヤしながら話していた。

「それにしても、あの悪女は知識人を気取ってなにを狙《ねら》ってるんだろうな？」

「どうせ男の気を引くためだろうさ。それ以外にあるか？」

あの悪女って……私のことよね？

角に身を隠《かく》して、そっとため息をつく。

不愉快《ふゆかい》な物言いだけど、怒《おこ》る気にはなれない。そう言われても仕方がないぐらいには、アデライードの日ごろの行いは悪かったもの。

ただ、ちょっと困ったわ……。あそこで話をされると、サロンに戻れない……。

「しかし、得意満面の顔で語ってる姿には吹《ふ》き出しそうになったぜ」

「知的さで褒《ほ》められたことなんかないんだから、そこは許してやろうぜ」

「そうだよ、よく覚えてきまちたねぇ、偉《えら》いでちゅねぇ～って褒めてやれよ」

なにやらノッてきてしまったのか、悪口がどんどんひどくなってゆく。

「あの清楚《せいそ》なドレスも、似合ってないにもほどがあるだろうに」

さて、どうしたものかと悩《なや》んでいると、一人がニヤニヤしながら私のドレスをイジる。

これはちょっと不意打ちで――私は息を呑み、かぁっと顔を赤らめた。

今日着ているのは、先日フィオナさまが絶賛してくれたプリンセスラインが可愛い青いドレスだ。

相変わらず違和感はあったけれど、でもそれは私の中で『アデライード＝悪役令嬢』のイメージが強過ぎるからというのも大きいだろうし、なによりお世辞で相手を気持ちよくさせる機能がないクロードも似合うって言ってくれていたし、大丈夫だろうと思っていたんだけど……そっかぁ……やっぱり似合ってなかったかぁ……。

もしかして、ほかのみなさんもそう思ってらっしゃったんだろうか……。

急に恥《は》ずかしくなってしまう。

どうしよう……。あの方たちが退いてくれたとして、いったいどんな顔をしてサロンに戻ればいいんだろう……。

「――聞くに堪《た》えないな」

もじもじと俯《うつむ》いていると、低く――艶《つや》のある、だけどひどく硬質《こうしつ》で厳しい声がする。

私は息を呑み、大きく目を見開いた。

この声は……！

「他者をそのように蔑み、貶《おとし》め、嗤う行為《こうい》以上に恥《は》ずべきことがありますか？」

「ア……アルジェント公子……！」

貴族の子息たちのひどく焦《あせ》ったような声がする。

私は角からそうっと顔を出し、そちらを窺った。

そこにはたしかに、貴族の子息たちにゆっくりと歩み寄るジークヴァルドさまの姿が。

「ど、どうしてこちらに……」

「サロンに参加されてはいらっしゃらなかったのに……」

「……私はスマラクト公爵の求めに応じてこちらに参ったまで。それがなにか？」

ジークヴァルドさまが足を止め、貴族の子息の一人を冷ややかに見つめる。

「サロンに参加していなければ、あなたがたの無礼や無作法を注意する資格はないと？」

「っ……い、いえ……」

その鋭《するど》い視線一つで貴族の子息たちは震《ふる》え上がり、慌《あわ》てて頭を下げた。

「失礼いたしました……。アルジェント公子……」

「……謝罪する相手が違うのでは？」

彼らの謝罪にも眉一つ動かすことなく、ジークヴァルドさまが冷たく言い放つ。

「それは……その……」

「でも、令嬢にあなたがたの唾棄《だき》すべき発言をわざわざお聞かせするのも違うでしょうね。では、ただ口を噤み、行動を慎《つつし》み、今後彼女には近づかないことです」

「っ……いや、でも……」

貴族の子息の内の一人――ドレスが似合っていないと嗤った男がグッと言葉を詰《つ》まらせ、なんだか悔《くや》しげに顔を歪《ゆが》める。

そんな彼に、ジークヴァルドさまはさらに冷徹《れいてつ》な視線を向ける。

「どうしました？　なにか不都合でも？　よもや、あなたがたが言うところの『知識人を気取っているだけで男の気を引くしか能のない悪女』に未練でも？」

「い、いえ……」

彼は奥歯《おくば》を噛《か》み締めるも――観念したように目を閉じた。

「……わかりました……」

「――結構。サロンに戻られるとよろしいでしょう。ああ、あと」

ジークヴァルドさまが貴族の子息らを見回し、フッと蔑むような笑みを浮《う》かべる。

「スマラクト公爵夫人への侮辱《ぶじょく》も聞かなかったことにして差し上げますので、今後は口を慎むように。スマラクト公爵に決闘《けっとう》を申し込まれたくはないでしょう？」

「っ……は、はい……」

子息たちは青ざめ、我先にと身を翻《ひるがえ》し、サロンへと駆け戻ってゆく。

ああ、これでジークヴァルドさまが帰られたら、サロンに戻れる……。

ホッと胸を撫《な》で下ろしていると、ジークヴァルドさまがパッとこちらを見る。

ばっちり目が合ってしまって、私はわたわたと角に身を隠した。

い、いや、隠れたって、もう無理なのはわかってるけど……。

案の定、足音がして——すぐ近くから声がする。

「キシュタリア公爵令嬢」

うう、注意してくださったのはすごく嬉しかったけれど、あんな陰口《かげぐち》を聞かれたあとにいったいどんな顔をすればいいの？　しかも、またドレス選びで失敗をしているし……。

私はおずおずと顔を上げ、壁《かべ》に軽く手をつき私を見下ろしているジークヴァルドさまを見つめた。

「あ、ありがとうございます……その……」

私は顔を赤らめ、両手でお腹《なか》と胸もとを覆った。

「申し訳ありません……。またも……その……お目汚《よご》しを……」

「え？」

ジークヴァルドさまがわずかに目を見開く。

そして、穏やかに微笑むと、私の肩《かた》に——正確には肩のリボンにそっと触れた。

「吸い込まれそうな深い青ですね。とても美しいです。あなたの瞳の色だ」

「っ……ドレスは、その……たしかにとても素敵《すてき》ですが……」

モゴモゴと言うと、ジークヴァルドさまがふと目を優《やさ》しく細める。

「──これは失礼。ドレスだけが素敵かのような誤解を与《あた》えてしまいました。違います。よく似合っていて素敵だと言いたかったんです」

「え……？　で、でも……」

噛えるぐらい、似合ってないんじゃ？

そんな私の思いが伝わったのか、ジークヴァルドさまが不愉快そうに眉を寄せる。

「……ああ、あのような者の言葉はお気になさらず。気になった娘《こ》をほかに取られまいと悪《あ》しざまに言って牽制《けんせい》するなんて、思春期前の坊《ぼう》やかって話です」

「え……？」

気になった娘？　って、どういうこと？

「ええと……？」

「わからなければ、それで構いません。あんな者、気にする価値はありませんよ」

「は、はぁ……」

よくわからないところもあったけれど、つまるところあの人たちの言葉は信じなくてもいいってことね？　フィオナさまやクロード、ジークヴァルドさまを信じればいいと。

ああ、それならよかった……。安心した……。

ホッとしていると、ジークヴァルドさまが「ですから、よく見せてください」と言う。

私はドキドキしながら両手を広げてドレスを披露《ひろう》した。

「ああ、本当にとてもよくお似合いです」

「あ、ありがとうございます……」

あらためて言われると照れちゃう……。

それでもやっぱり嬉しくて、えへへとジークヴァルドさまに微笑みかけて——そのときようやく彼の顔色がひどく悪いことに気づいて、私は息を呑んだ。

「あの、ジークヴァルドさま？　顔色が……」

「あ……」

ジークヴァルドさまが目もとをさっと隠して、苦笑《くしょう》する。

厳しい表情をしていらしたときは目立たなかったけれど、これは……。

「もしかして、あまり眠《ねむ》れていないのですか？」

私、お役に立てなかった？

そりゃ、あの香り袋《ぶくろ》一つでジークヴァルドさまの不眠症《ふみんしょう》が治るなんて思ってないけれど、それでも少しは効果を発揮してくれるんじゃないかって思っていたのに。

「いえ、いただいた香り袋の効果もあり、最近は以前に比べて眠れているほうです」

「でも、顔色が……以前に増してひどいですわ」

「それは、その……実は夢見がよくなくて……」

「夢見が……？」

それって夢を見るぐらい浅い眠りではあるけれど、それでもたしかに眠れてはいるってことよね？

一瞬《いっしゅん》ホッとしたものの――私は違う違うと首を横に振った。ただでさえ短い睡眠《すいみん》なのに、精神と身体《からだ》の回復に至っていないどころか新たな不調を生み出してるって大問題よ。

私はずいっと身を乗り出した。

「悪夢を見るということですか？　どんな悪夢か覚えていらっしゃいますか？」

「いえ、悪夢……ではないですね。ただ、なんとも意味深と言いますか……妙《みょう》に気になる夢を繰《く》り返し見るのです。それで、少し……」

「妙に気になる夢ですか……。なにか心配ごとでも？」

「いえ、そういうわけでもないのですが……」

ジークヴァルドさまが視線を逸《そ》らしたまま、言葉を濁《にご》す。夢の内容は言いたくないって感じかな？

それでもいい。聞いたところで、私には分析《ぶんせき》なんてできないし。夢占《うらな》いは――しょせん占いだもの。当てにはならない。それより――。

私はさらに身を乗り出し、ジークヴァルドさまの袖《そで》を引っ張った。

「あ、あの！　ディナーにご招待してもよろしいでしょうか？　私、コーヒーのほかにも不眠にいいものをたくさん勉強しているのです！」

私を映すジークヴァルドさまのアメジストの双眸《そうぼう》が、驚《おどろ》きに見開かれる。

「少しでもお役に立てたら嬉しいのですが……あの……ご迷惑《めいわく》でしょうか……？」

「……いえ……」

ジークヴァルドさまがふぅっと目を優しくして――ドキンと心臓が高鳴る。

そのままジークヴァルドさまは袖を引っ張る私の手をそっと外して、その指に形のよい唇《くちびる》を押し当てた。

「役に立つとかそういうことではなく……あなたとともにひとときを過ごせるのでしたら、喜んで」

「ジークヴァルドさま……」

そんなふうに言っていただけるなんて、お世辞でも嬉しいわ。

よし、リラックスしてくつろいでいただけるように頑張っておもてなししよう！

私はジークヴァルドさまを見上げて笑った。

「ありがとうございます！」

私の心からの晴れやかな笑顔にジークヴァルドさまはわずかに目を見開いて、それからなんだか少しくすぐったそうに微笑んだ。

「楽しみにしています」


「こ、これはっ……！」

料理長が愕然《がくぜん》とした表情でスプーンを取り落とす。

「えっ⁉　お、美味《おい》しくなかった⁉　駄目《だめ》だった⁉」

私は慌てて料理長に駆け寄った。

「ご、ごめんなさい！　吐《は》き出していいから！」

「いえ！　とんでもない！　こんな美味しいもの、絶対に吐き出したりしませんぞ！」

料理長が冗談《じょうだん》じゃないとばかりに首を横に振る。私は思わず目をぱちくりさせた。

「あ、美味しかったの？　それならよかったわ」

ホッと胸を撫で下ろす。リアクションがわかりにくいのよ。あんな劇画タッチな驚きかたをされたら、ものすごくマズかったんだと思うじゃない。

「この世界……いえ、帝国ではあまりない味付けだけど、どうかしら？」

「たしかに馴染《なじ》みはありませんが、ホッとする優しい味です。私は好きですな」

「本当？　みんなはどう？」

「美味しいです！」

料理人《シェフ》とキッチンメイドたちも、大きく頷いてくれる。

「たしかに、はじめての味わいなんですが……不思議と奇抜《きばつ》さは感じません。すんなりと受け入れられました」

「私もです。奇抜さを感じないのに、ほかにはない奥深《おくぶか》い重層的な味わいで驚きました。出汁《ブイヨン》がしっかりと感じられる繊細《せんさい》な味わいで、馴染みのない調味料――セウユでしたか？　その風味もしっかりして、それでいて甘くて、ジンジャーがピリリと効いていて……でもすごくさっぱりもしていて……」

「出汁《だし》も帝国の一般《いっぱん》的なものとは違う感じがします。それも奥深さや重層感に一役買っているのかな？」

「ああ、たしかにセウユだけではないのかも」

みんなが真剣《しんけん》な顔をして味の分析をする。――ふふふ。『一回目』だけじゃなく今回も醤油《しょうゆ》や鰹節《かつおぶし》は人気だなぁ。

『一回目』で、マヨネーズやカレー粉などの新たな調味料を作って販売《はんばい》したことはすでに話したとおりだけれど、実はこの帝国にない調味料を探し出して輸入したりもしていたの。おもに日本――和の調味料。醤油に味噌《みそ》、鰹節や昆布《こんぶ》など。ほかにも日本のお米なんかも探し出して手に入れたわ。理由は簡単。どうしても食べたかったから！

この世界のモデルは、十九世紀後半のヨーロッパ。東の果てに日本のような国が。だってことは、あるんじゃないかと思ったのよ。東の果てに日本のような国が。だって、そのころにはもうヨーロッパと日本は少なからず交流があったしね。

『一回目』の私は白いご飯と美味しいお味噌汁食べたさに、希少な世界地図を手に入れて、東の果てに日本――こちらの呼び名では『ジパング』が存在することを確認。それから、ありとあらゆる手を尽《つ》くして、ジパングにツテを持つ人物を探した。

そして、その人物を必死に口説き落として――なんと一年半がかりでジパングの商人と繋《つな》がり、無事にジパング――日本の食材を手に入れることに成功したの。

今回は、その『一回目』の知識を使ったから、そんな苦労はいっさいせずに手に入れられたけれどね。

「あの、これをアルジェント公子に振る舞《ま》おうと思うんだけど、みんなはどう思う？」

みんなに味見をしてもらったのは、鶏《とり》もも肉のさっぱり生姜煮《しょうがに》。

お出汁に砂糖、醤油、酒、酢《す》を合わせて、スライスした生姜とおろした生姜を加えて、煮込んだものだ。

「前菜は根菜類をたっぷりと使ったミジョデにしようと思っているの。そして第一の皿はディルを使ったミルクリゾット。第二の皿がこのチキン料理。デザートは料理長のバナナムースがいいわ。最後のお茶はカモミールティーって構成なんだけど……」

ミジョテとは、フレンチの煮込み料理。根菜類――身体を温める作用のある陽の野菜をふんだんに使ってもらう。里芋《さといも》・ごぼう・人参《にんじん》・れんこん・大根・ブロッコリーなど。彩《いろど》り豊かで華《はな》やかで、食欲をそそると思うの。

ディルは、語源が古代ノルウェー語で『なだめる、やわらげる』のとおり、赤ちゃんも落ち着かせるリラックス効果のあるハーブとして昔からヨーロッパでは有名なの。

とくに、ディルの種を加えたホットミルクは、安眠《あんみん》のためによく飲まれているの。

そのディルとミルクリゾットは、リラックス効果が高いと思うわ。

そして、鶏もも肉のさっぱり生姜煮。胃に負担がかかると睡眠の質が悪くなるけれど、食事の満足度が低くてもよくない。だから、脂《あぶら》が重たくなくてさっぱり食べられるけれど満足感はしっかりある肉料理を。そして、生姜も身体を温める効果が高い。

デザートはドーパミンやノルアドレナリンの情報をコントロールして精神を安定させるセロトニンを生成するトリプトファンが含《ふく》まれているバナナをたっぷり使ったムースに。もちろん、甘さは控える。ほぼバナナ本来の甘さだけ。

そして、鎮静《ちんせい》作用があり、リラックス効果が高く、安眠に効くと言われるカモミールのハーブティー。

コースの形態は、イタリアンを採用。帝国ではフレンチスタイルが基本だから、これもセオリーとはズレているけれど、やっぱり何度考えても不眠症のジークヴァルドさまにはこれが最適だと思う。身体を温める効果のある食材や鎮静作用のあるハーブをふんだんに使った料理で、満足度はしっかりありつつも、胃に負担が少ない構成。

でも、みんなが顔を見合わせたまま黙《だま》ってしまったのを見て不安になる。

「や、やっぱり危険かな……？　馴染みのない味なのには変わりがないし……」

おずおずと言うと、みんなが再び顔を見合わせてクスッと笑った。

「いえ、いいと思いますよ。言ったとおり、馴染みがなくとも受け入れられやすい味だと思いますし」

「私も。危険なんてことはないと思いますよ」

「むしろ、そこまで考え抜かれてあるんですもの。喜んでいただけると思います」

「本当？　みんな黙って顔を見合わせていたから、駄目かなって思ったんだけど……」

「いえ、顔を見合わせていたのは真剣に意見を求められたからですよ」

「ええ。料理は関係ありません」

私は目をパチパチと瞬《まばた》いた。

「ええと……？　私が真剣に意見を求めたから？」

どういうこと？　そんなの普通のことじゃない？

小首を傾《かし》げると、みんながなんだか嬉しそうに微笑む。

「だって、普通の貴族の令嬢は使用人を対等な存在として扱《あつか》いませんよ」

「え……？」

「そうそう。貴族にとって使用人はその名のとおり使用するものであって、相談したり、意見を求めたりする相手じゃないですよね」

「アデライードお嬢《じょう》さまも、以前は私たちに意見を求めたりなさらなかったでしょう？」

「……あ……」

たしかに、アデライードはしないな。

だけど私は、『一回目』もこうしてあなたたちといろいろ話していたのよ。

だから、できれば今回もみんなとそういう関係になれたらって思ってるんだけど……。

「そもそも、貴族の令嬢が厨房《キッチン》に入ること自体、ありえないことですしね」

「で、でも、ディナーのメニューを決めるのは、主催者《ホスト》がやるべきことじゃない？」

「それはそうなんですけど、自ら試作をしたりはしませんよ。納得《なっとく》いくものになるまで、料理長に作らせるものです」

そうだね、わかってはいるんだけど……。でも、『一回目』の料理長ならいざ知らず、今の彼にジパングの食材は扱えないもの。今回はまだ手に入れたばかりだから。

それなら自分でやったほうが早いし、この生姜煮だけは自分で試作したんだけど……。

「あの、嫌《いや》だった……？　貴族の令嬢らしくないのは駄目かしら……？」

ジークヴァルドさまも、はしたないって眉をひそめてしまわれるかしら？

「嫌だなんてとんでもない。アルジェント公子のことはわかりませんが、私たちはとても嬉しいですよ」

不安になる私に——しかしみんなは「大丈夫ですよ」と温かく笑ってくれる。

「お嬢さま、気づいていらっしゃいます？　お嬢さまは用事を申しつける際に、我々の目を見て、両手を合わせて、『お願いね』って言ってくださるんですよ。それが嬉しくて…」

「それをこなすと、『ありがとう』ってお礼も言ってくださる。最初に言われたときには腰《こし》を抜かしましたよ。そういうことをする貴族はいないと思っていたので」

「僕もです。お嬢さまは食堂を出る際に、『美味しかったわ』『いつもありがとう』って労《いたわ》ってくださるんです。その一言が本当に励《はげ》みになっていて……」

「ちょっとしたことだと思われますか？　でも、そのちょっとしたことが、我々はとても嬉しいのです」

「そうです。そのちょっとしたことこそ、日ごろからきちんと心がけていなければ決してできないものだって、みんな知ってますから」

「みんな……」

穏やかな笑顔に、言葉の一つ一つに、心がほわほわと温かくなってゆく。

悲しいけれど、スマラクト公爵夫人のサロンで私の悪口を言っていた人たちのように、そういった心がけや変化を『なにかをたくらんでいる』なんて悪いようにしか受け取ってくれない人もいるけれど、そうじゃない人——それらに気がついてきちんと応えてくれる人もたしかにいる。

頑張りは、ちゃんと形になる。

だから、コツコツ頑張り続けることが大事なんだって思う。

外野の雑音に惑《まど》わされてはいけない。その声がどれだけ大きく煩《うるさ》くても、諦《あきら》めてはいけない。自分の望みを——目的を、見失ってはいけない。

自分を信じることが難しければ、周りの信頼《しんらい》できる人でもいい。その人たちを信じて、進み続けなければ、望む結果には決してたどり着けない。

熱くなった胸を押さえて、気持ちを新たにする。

大丈夫。私にはみんながいる。頼《たよ》りになるクロードもいる。今回はフィオナさまだって味方になってくださっている。

頑張ろう。頑張り続ければ、きっと未来が手に入ると信じて。

「あ！　クロードさんから聞きましたよ。お嬢さまが変わられたのはアルジェント公子に恋《こい》をしたからだって。本当ですか？」

ちょっとニュアンスが違うけれど——でも、おおむねそのとおりかな。

「そうね、ジークヴァルドさまに好きになってもらいたいからよ」

みんなが顔を見合わせ、「おお！」と歓声を上げる。

「では、素晴らしいディナーにしましょうね！　我々もお手伝いしますので！」

「お嬢さまの味を完璧に再現することを約束いたします！　お任せください！」

「きっと感動してもらえるはずです。だってお嬢さま、こんなにも公子のことを想《おも》って、考えて、準備されているんですもの！」

「みんな……」

　私は人に恵《めぐ》まれていると思う。

『一回目』――私は聖女の暗殺を目論《もくろ》んだ罪で、お父さまとお兄さまは私を庇《かば》った罪で、処刑《しょけい》された。キシュタリア公爵家はそのままお取り潰《つぶ》しとなったはずだ。

　そのあと――みんなはどんな運命をたどったのだろう？　考えるだけで恐《おそ》ろしい……。

　実際には聖女暗殺を目論んだりしていないから、私が悪いわけではないんだけれど――

それでも申し訳なくて涙《なみだ》が溢《あふ》れてしまいそうになる。

　そうだ、悲惨な死を回避するのは、私だけの問題じゃない。

　私がそれを成《な》し遂《と》げられるかどうかで、彼らの運命も変わるんだ。

　私は両手を握り締め、力強く頷いた。

「うん！　頑張るよ！　みんな、協力してね！　頼りにしているから！」

　頑張って、頑張って、みんなのことも幸せにして見せるから！

　その言葉に、みんなもまた力強く頷いた。

「「「「お任せください！」」」」


「美味しい……」

カモミールティーを一口飲んで、ジークヴァルドさまが驚きに目を見開く。

「カモミールティーは毎夜飲んでいるのですが、カモミールミルクティーははじめてです。ミルクとも合うのですね」

「ええ、よく合いますし、ミルク自体にもトリプト……あ、いえ」

慌てて口を噤む。ドーパミンやノルアドレナリンの情報をコントロールして精神を安定させるセロトニンを生成するトリプトファンが含まれているから、良質な睡眠を促進《そくしん》するんですよ——と言ったところで通じない。栄養素ってわりと最近の知識なのよね。

一般的でない、理解ができないうんちくを長々と披露されても嫌な気持ちになるだけよ。危ない危ない。

重要なのは『安眠効果がある』——この一点のみ。

「ミルク自体も良質な睡眠を促進する食材なので、積極的に摂取《せっしゅ》したいですね」

「そうなのですね」

「今日は、ミルクリゾットにディルを使ったのでカモミールミルクティーにしたのですが、ディルを入れたホットミルクもとても効果が高いです。あとはジンジャーミルクティーもいいですよ。お帰りの際にレシピをお渡《わた》しいたしますね」

「ありがとうございます」

ジークヴァルドさまが私を見つめて穏やかに微笑んでくれる。

その美し過ぎる笑顔にドキドキしながら、私はティーカップを口に運んだ。

結論から言えば、ディナーは大成功だった。

料理長はこの日のために、何度も自主練を重ねて和の調味料の扱いを覚えてくれていて、私が考えに考え抜いて決めたメニューを完璧に仕上げてくれた。

料理人やキッチンメイドたちの仕事も最高。盛りつけが芸術的なのはもちろんのこと、野菜の切り口まで美しかったし、磨《みが》き込まれた銀器は顔が映るほどだったし、給仕《きゅうじ》も痒《かゆ》いところに手が届く気持ちよさ。

珍《めずら》しいメニューと構成に、ジークヴァルドさまは最初は少し驚いた様子だったけれど、でも料理はすごくお口に合ったようで、何度も「美味しい」と言ってくださった。とくに鶏もも肉のさっぱり生姜煮がお気に召《め》したようで、料理長にレシピを尋ねられていたわ。

これには内心でしっかりガッツポーズしたよね。

そして今は、談話室に移動して食後のお茶を楽しんでいるところだ。

「…………」

みんなの仕事が完璧だったおかげでディナーも大成功だったのだけれど、私はというと、またこまごまとやらかしました……。

まずはジークヴァルドさまをお出迎《でむか》えする際、ギャップ萌《も》えを意識し過ぎて一やらかし。アデライードは悪役令嬢で、世間的なイメージも悪女だから、悪女らしくない言動だけでもギャップになるような気もするんだけど――でも今夜はフィオナさまが選んでくれたまるでヒロインかのような清楚系ドレスを着ていてから、装《よそお》いからすると悪女らしくない言動をしたところでギャップにならないかも？　とか、なんかいろいろ考えちゃって……。

そして、答えが出ないうちにジークヴァルドさまが到着《とうちゃく》してしまって――テンパった私がなにをしたかと言うと、悪役令嬢でもヒロインでもないまさかのヒーローらしい言動。

『やぁ、待っていたよ、愛《いと》しい人。あなたのために最高のディナーを用意したよ』

そう言って片手を差し出してしまったときには、終わったと思ったわ……。

たしかにギャップはあるけれど、そういうことじゃないだろって――クロードが完全に馬鹿を見る目でこちらを見ていたけれど、さすがはジークヴァルドさま。驚きも、呆《あき》れも、なにもかも微塵《みじん》も表情に出すことなく、ただ穏やかに「ご招待ありがとうございます」と微笑んでくださったわ。ジークヴァルドさまのその自制心に本当に助けられているわ……。

ありがとうございます……。そして申し訳ないです……。

ほかにも、緊張《きんちょう》からか食堂へ案内するときに躓《つまず》いてしまったり（ジークヴァルドさまに助けていただいた）会話の最中にあり得ない噛み方をしてしまったり（ジークヴァルドさまに笑っていただいた）まぁ、本当にいろいろと細かいやらかしをしてしまったわ。

それでも今、談話室でソファーに並んで座ってカモミールティーを楽しめていることを考えれば、間違いなく今日のディナーは百点満点！　大成功よ！

お土産《みやげ》は、本日の料理と飲みもののレシピと、先日のコーヒーの香り袋の追加、そして同じ香りのキャンドル。私が夜なべして作ったものだ。

心の傷をどうにかすることは私にはできないから、せめて穏やかなリラックスタイムを過ごせるようにお手伝いしたい。

今回は間に合わなかったけど、お米と米麹《こめこうじ》を手に入れて、甘酒《あまざけ》も振る舞ってみたいな。

コーヒーは……カフェインには眠りを誘う効果もリラックス作用もあるけれど、摂取の仕方次第《しだい》では覚醒《かくせい》作用もあるから危険よね。あとは――……。

あれこれ頭の中で次の計画を立てていた――そのときだった。

ふわりとジークヴァルドさまの香りがして、肩に、頭に、心地《ここち》よい重みを感じる。

「え……？」

同時に、すぅっと静かな寝息《ねいき》が聞こえて、私は思わず目を見開いた。

えっ⁉　ええっ⁉　ま、まさか、これって――⁉

あのジークヴァルドさまが、私に寄りかかって眠っている。

その衝撃《しょうげき》に思わず声を上げそうになって、私は慌てて両手で口を塞《ふさ》いだ。

う、嘘でしょ⁉　トラウマのせいでジークヴァルドさまは警戒《けいかい》心が人一倍強いから、他者のいるところで無防備になれない。信じられるのは自分だけ。アルジェント大公閣下や大公家の人々、大公家に仕える者たちのことも一切《いっさい》信じることができない。だから、彼らが深く寝静《ねしず》まった時間しか眠れない……。

それなのに――ここはキシュタリア公爵家よ？　大公家でですら気を緩《ゆる》められないのに、心からくつろげるはずもない場所。そして、すぐ隣には私がいるのよ？

なのに、うたた寝？

いえ、『なんで？』なんて理由を追求することに意味はないわ。そんなのどうでもいい。

重要なのは、今、彼がたしかに眠っているということだけ。

眠れてよかったって気持ちもあるし、おもてなしの効果があったと思えば嬉しくもある。

でも、同時に心配にもなる。私の横でうっかり寝落ちしてしまうほど――彼はギリギリの状態だったんじゃないかって。

「…………」

前髪《まえがみ》に、彼の息遣《いきづか》いを感じる。

頭に、肩に、肌《はだ》に感じる体温に、否応《いやおう》なしにドキドキしてしまう。

触れたら、起きてしまうかしら？

このまま動かないほうがいいかしら？

でも、少しでも体を休めていただきたい……。

私は、ジークヴァルドさまを起こしてしまわないよう細心の注意を払いながらそうっと両手を伸《の》ばして彼を優しく抱《だ》き締めた。

そして、そのままゆっくりと彼の身体を横に倒《たお》して、自身の太ももに頭を乗せた。

触れて、動かしたけれど、幸い目を覚まされることはなくてホッとする。

でも、額が露《あら》わになったことでその顔色の悪さがよりはっきりとして、胸が痛んだ。

ジークヴァルドさまが背負っているものを、私にも分けてほしい。背負わせてほしい。

叶《かな》うなら、寄りかかってほしい。信じて——頼ってほしい。まだ私はそういう存在にはなれていないことは重々承知しているけれど。

それでも——助けになりたい。

守りたい。

『一回目』——ジークヴァルドさまが信じてくれて、助けるため奮闘《ふんとう》してくれたことが、私にとってどれだけの救いになったことか……。

それを、少しでも返したい。

私はヒロインのようにはなれないけれど、それでも切に希《こいねが》う。

ジークヴァルドさまの心の傷が少しでも癒《い》えることを。

穏やかな日常を送れるようになることを。

「……ジークヴァルドさま……」

ポツリと小さく呟《つぶや》いたとき、ひそやかなノックの音がして、クロードが顔を覗かせる。

さすが優秀《ゆうしゅう》。ソファーの背でジークヴァルドさまの身体は見えなかったはずだけれど、むしろ姿が確認できなかったことと私が振り返らなかったことで状況《じょうきょう》を把握したらしい。

無言で引っ込み、二分後に再び戻ってきたときには、ふかふかの毛布を手にしていた。

「ありがとう」

口の動きだけでそう言うと、クロードがジークヴァルドさまの身体に毛布をかけながらわずかに目を細めた。

「……私はフィオナさまと同意見です」

「え……？」

「お嬢さまは、ご自身の気持ちが恋なのかどうかわからないとおっしゃっていましたが、公子のためならどんな努力も厭《いと》わない——公子のことを一心に気遣うそのお気持ちはもう恋であり、愛ではないのですか？」

思いがけない言葉に、思わず目を見開く。

クロードは姿勢を正して一礼すると、そのまま静かに部屋を出て行った。

「そう……なのかな……？」

本当に恋と呼んでいいのかしら？

でも、どうしても抵抗《ていこう》があるの。純粋《じゅんすい》な想いではないという思いが消えないの。

悲惨な死を回避する、悪役令嬢の運命を変える——そこからはじまっているから。

私はしばらく考えて——苦笑をもらした。

いいえ、考えることではないわ。そもそも、恋やら愛やら——そんな綺麗《きれい》な言葉で飾《かざ》る必要がないのよ。

恋でもいいし、愛でもいい。打算でも、計略でも構わないと思う。恩返しでもいいわ。

どんな言葉で表現したって、私がやることは変わらない。

ジークヴァルドさまを助けたい——守りたいこの気持ちにもなにも変わりないもの。

「どうか……どうか……お身体を大切に……」

少しでも、眠りがジークヴァルドさまに優しくありますように。

一心に、希う。


「……失礼いたしました」

ジークヴァルドは深々と頭を下げた。

「思いがけず、長居をしてしまい……」

「い、いえ、そんな……！　謝ることでは……！　頭を上げてください！」

アデライードがひどく慌てた様子で両手を振る。

「眠ることができたのは、とてもよいことですわ」

ディナーから、すでに二時間近くが経過してしまっていた。

そんなにも長い時間、誰《だれ》かの傍で眠っていたなんて、自分が信じられない。

目を覚ましたときは状況がまったく理解できず、ひどく混乱した。

今も──その動揺《どうよう》は完全には収まっていない。

「あの、またいらしていただけますか？」

アデライードが遠慮《えんりょ》がちにジークヴァルドの袖を引っ張る。

「どうか、申し訳ないなんて思わないでください。わたくしはすごく嬉しかったんです。少しでもお役に立つことができたんだと思えて……。ですから……」

「…………」

そのひたむき過ぎるほどひたむきな眼差《まなざ》しに、嬉しさやありがたさより戸惑《とまど》いと疑問が先に来る。

彼女はどうしてこんなにも必死に、自分の役に立とうとするのだろう？

ジークヴァルドは、まるで縋《すが》るような藍色《あいいろ》の双眸に映る自分をまっすぐに見つめた。

「……一ヵ月後、北の最果て——センツヴェリーでの大規模な魔物討伐《まものとうばつ》がはじまります。私は聖騎士《きし》団の副団長として、討伐に参加します」

「え……？」

辺境の地では近年自然災害が多発し、魔物による被害《ひがい》も無視できない数となっている。聖女が覚醒したことといい、たしかに帝国は——いや、世界は危機に瀕《ひん》しているのかもしれない。

「センツヴェリーの大討伐がこの時期に……？　シナリオよりも早い……」

「え？」

なにやら小さな声で呟いていたアデライードは、訊《き》き返すとハッとした様子で顔を上げ、慌てて両手を振った。

「い、いえ、こちらの話です。あの、その討伐には、ジークヴァルドさまが行かなくてはならないのですか？　ほかの聖騎士の方では駄目なのでしょうか。ジークヴァルドさまはナイツオブラウンズに選ばれし御方《おかた》、もしものことがあったら……」

「魔物討伐は、聖女が降臨する前から決まっていたことです」

「だからです。それが決まったときと現在とでは状況が違うでしょう？」

アデライードの美しい藍色の双眸が不安と恐怖《きょうふ》に揺《ゆ》れる。

「ナイツオブラウンズである前に、私は聖騎士です。民《たみ》のために尽くすのは聖騎士の義務。そのような理由で参加を取りやめることはできません」

きっぱりと言うと、アデライードが「でも……」と不安そうに俯く。

「大切な方をお泣かせするのは……」

いつものように『そういった存在《かた》はいません』と答えるつもりが――しかしその言葉は喉《のど》の奥で凍《こお》りついて出てこなかった。

代わりに口をついたのは、「泣かせるつもりはありません」という決意に満ちたそれ。

「その方を守るためにも、私は行きます」

「っ……」

瞬間、アデライードがひどくショックを受けたような顔をする。

「大切に想う方が……いらっしゃるのですね……。そう……ですか……」

「…………」

俯いた彼女の儚《はかな》く震える細い肩を見つめて、ジークヴァルドは拳を強く握り締めた。

そんな顔をしないでほしい。抱き締めてあげたくなってしまうから。

そんなふうに思う自分に驚き、同時に疑問に思う。

この想いはなんなのだろう？

いったいいつから、こんなふうに思うようになったのだろう？

「あの、なにかわたくしにお手伝いできることはありませんか？」

アデライードがパッと顔を上げ、胸の前で手を組んで身を乗り出す。

彼女はどこまでも自分の役に立とうと――自分に与えること、尽くすことばかり考える。

それが不思議でたまらないけれど、そう言うのならありがたくいただこう。ほかの男に取られるのも癪《しゃく》だ。

「では――」

ジークヴァルドは左胸に手を当て、目を細めた。

「派兵の直前、人類の勝利と聖騎士や騎士、兵の無事を祈願《きがん》する夜会が開かれるはずです。その際のパートナーをお願いできないでしょうか？」

「え？」

思いがけない言葉だったのか、アデライードがパチパチと目を瞬く。

「わたくしでよろしいのですか？　その……大切な方ではなく？」

「ええ、ぜひともキシュタリア公爵令嬢――いえ、アデライード嬢にお願いしたく」

名を呼ぶと、白い頬《ほお》がぱぁっと薔薇色《ばらいろ》に染まる。

そんなところがまたいじらしい。

「光栄ですわ、ぜひに」

アデライードが本当に嬉しそうに微笑み、頷く。

その笑顔だけで、お世辞や社交辞令ではない――心からの言葉だとわかる。

なんて素直《すなお》なのだろう。貴族は、言葉や行動の裏の裏――奥のそのまた奥に本音を隠すものなのに。

しかし彼女は、感情がすべて言動に表れる。ときどき心配になってしまうほどだ。

――そんなところも好ましく思っているけれど。

「では、また連絡《れんらく》させていただきます。今夜はお暇《いとま》を」

アデライードの手を取り、その細い指にそっとキスをする。

それだけで、アデライードの頬がまた赤みを増す。

自然と笑みが浮かぶ。

こんな――ただの挨拶に、彼女がいちいち恥ずかしそうにしていることに気づいたのは、いつのことだったか。

「……約束ですよ」

その手を離《はな》さず、今度は視線を合わせたままキスをする。

唇が触れるたびに、アデライードの手がふるふると震える。

「は、はい……」

戸惑いに触れる藍色の瞳が、夢の中の面影《おもかげ》に重なる。

「ッ……」

胸が熱くなる――。

ゴトゴトと馬車が暗い夜道を進む。

座席に背を預けて、ジークヴァルドはじっと天井《てんじょう》を見つめていた。

最近、何度も繰り返し見る夢がある。

聖女のための騎士団――聖近衛《このえ》騎士団が新設され、ありがたいことに団長に任命された。

だがそのせいで、聖騎士や騎士たちから妬《ねた》みや反感を買ってしまい、数々の嫌がらせを受けた。それは次第にエスカレートし、ついには暴力事件にまで発展してしまった。

『大公家の金と権力で聖女に取り入りやがって！』

『もとはどこの馬の骨ともわからぬ卑《いや》しい血のくせに！』

何度も何度も踏《ふ》みつけられながら、繰り返し言われた『卑しい血が！』と。

たしかに、そのとおりだ。

母親はメイドで、しかも子供を使って皇帝を脅《おど》して、金や権力を得ようとしただけでは飽《あ》き足《た》らず、それが叶わないと知るや腹を痛めて産んだ子供を殺そうとした犯罪者だった。

父親は皇帝らしいが――それは皇帝とアルジェント大公しか知らない。しかも、本当かどうかはわからないときた。

そんな自分が、由緒《ゆいしょ》正しき貴族の青い血を引く者を差し置いて、聖女の傍に侍《はべ》ることが許せない気持ちもわからないでもない。

だからといって、理不尽《りふじん》を甘んじて受け入れる気も聖近衛騎士団長の座をほかに譲《ゆず》って聖女の傍を離れる気もさらさらなく、怪我《けが》を隠して聖女の傍に在り続けた。

それがまた彼らの癇《かん》に障《さわ》ったのだろう。虐《いじ》めはどんどん凄惨《せいさん》になっていった。

神聖力と魔力《まりょく》は相反するモノ。神聖力を扱う神官や聖騎士は基本的に魔法薬が飲めない。かといって、神官に回復《ヒール》を願い出れば、虐めを受けている事実を晒《さら》すことになる。

それは、絶対に嫌だった。

そもそも、信じることができない者を頼れるはずもない。弱った自分を見せるわけにはいかない。そんな隙《すき》を見せたが最後、そこを突《つ》かれて殺されてしまうかもしれないのに。

自分にとって、助けを求めることは弱点をさらけ出すのと同じ。

そんなことはできなかった。

だからその日も、怪我を隠して聖女を護衛していた。

『あの……アルジェント公子、少しよろしいですか？』

そこに声をかけてきたのが、悪名高いアデライード・ディ・キシュタリアだった。

化粧室の扉《とびら》の前で、聖女を待っているときだった。

『なにか？』

『この花を少しの間持っていてほしいのです。髪を整える間だけ』

悪女のイメージに違《たが》わぬ黒と真紅の華やかながらひどく攻撃的なドレスを着た彼女は、その装いとはまったく不釣《ふつ》り合いな清楚な一輪の白百合《しらゆり》をジークヴァルドに差し出した。

『──申し訳ありませんが、聖女の護衛騎士として怪《あや》しい物を手にするわけには……』

『た、ただの花です。怪しくありません。ホラ』

アデライードが白百合にそっと頬ずりしてみせる。

『毒や薬などを仕込んだりもしていません。そもそも、そんなことをすれば花が無事ではすみません。見てください。変色したり、枯《か》れたりもしていないでしょう？』

『…………』

『少しの間持ってくれるだけでいいんです。どうか……！』

手を出そうともしないジークヴァルドをまっすぐ見つめて、アデライードが何度も頼《たの》む。

なぜ、そんなに必死なんだろうと思った。

それが怪しいとも思った。ほかの人間に頼めば済むだけなのに、なぜそうしないのか。

けれど、彼女の瞳は澄《す》んでいて悪いことをたくらんでいるようには見えなかったうえ、本当にしつこくて──とうとう根負けして白百合を受け取った。

『ッ⁉』

瞬間、白百合が淡い白い光となって消える。

同時に、その光が身体を包み込む。

瞬時《しゅんじ》に後悔《こうかい》した。なぜ受け取ってしまったのか。どんな事態にもすぐに対応できるよう剣《けん》に手を掛けて——気づいた。身体の痛みが消えていることに。

『なっ……⁉』

『痛いところは残っていませんね？』

愕然とした自分に、アデライードはそう確認して、踵《きびす》を返した。

『ま、待て！　なにを……！』

それは、尋ねるまでもなかった。

だからこそ、あり得なかった。

アデライードは神官ではない。神聖力を持っているという話も聞いたことがない。では、白百合は魔法薬だったのだろうか？　いや、それもあり得ない。魔法薬では聖騎士の傷は治らないのだ。

ということは、やはり神聖力だろうか？　だが、神官の神聖力の色は淡い白ではない。

それは、聖女の色——。

『どうやって……』

愕然とするジークヴァルドに、アデライードは『えっと、その、気にしないでください。ただのゲームのアイテムなので……』とわけのわからないことを言って立ち去ろうとする。

その手を捕《つか》まえて、さらに尋ねた。

『どうして……』

手段はもういい。言いたくないなら、言わなくていい。

でも、どうして？　この怪我のことは誰にも言っていないはずなのに。

すると彼女は化粧室の扉を見つめて、ポツリと言った。

『あなたは、聖女さまの傍になくてはならない方だと思うので……』

『……答えになっていません』

『あとは、その……卑劣《ひれつ》な仕打ちに負けてほしくなかったからです……』

『っ……それも……』

答えになってはいなかった。

わかったのは、アデライードがジークヴァルドの怪我を——どういう経緯《けいい》で負ったのかまで含めて知っているということだけだった。

混乱するジークヴァルドに、彼女はポツリと言った。

『あなたにそんなことをした人たちが一番嫌がることって、なんだと思いますか？』

『一番、嫌がること……？』

アデライードは振り返り、眉を寄せたジークヴァルドをまっすぐ見つめた。

『あなたが、今以上に輝《かがや》くことです』

思いがけない言葉に息を呑む。

そんな自分に、彼女は優しく微笑んだ。

『この国で一番の男になってください、聖女さまの御為に』

それだけ言って頭を下げ、すばやく身を翻してそそくさと去ってゆく。

アデライードのその後姿を見送って――ジークヴァルドは胸が熱くなるのを感じた。

嬉しかった。

当然だ。聖女さまの御為にと言っていたが、あれはあきらかに自分のための言葉だった。

理不尽に負けないで、と――。

それからというもの、アデライードによく目が行くようになった。

だが、噂《うわさ》のような悪女っぷりを目撃《もくげき》することはまったくなかった。大人しく、控えめで、目立たない。社交の場にはそもそもあまり出てこなかったが、出てきてもひっそりと壁の花をしていることがほとんどだった。

なぜか聖女を徹底的《てっていてき》に避けているようだったが、その理由を尋ねることはできなかった。尋ねる前に、彼女は……。

ジークヴァルドはため息をつき、両手で目もとを覆った。

ここのところ毎晩繰り返し見ている夢だ。

まるで実際にあったかのように鮮明《せんめい》で生々しいくせに、すべてが間違っている夢――。

まず、聖女のための騎士団――聖近衛騎士団など新設されていない。

当然、ジークヴァルドは団長に任命されていない。

そもそも、夢の中のジークヴァルドは二十五歳だ。聖女も二十歳《はたち》。今から三年先の話だ。

少なくとも夢の中の自分はそう認識《にんしき》している。

夢の中の聖女は、貴族の振る舞いがまったくできていない。礼儀《れいぎ》作法はなっておらず、教養もない。しきたりにも疎《うと》い。

しかし、現実の聖女はそうじゃないはずだ。まだ自分自身の目で確認はできていないが、それでもアデライードが――キシュタリア公爵家が責任をもって教育を施《ほどこ》しているのだ。あれほど無作法なわけがない。

アデライードもだ。

現実のアデライードは――交流をはじめて間もないため、深く理解できているわけではないが、それでも夢の中の、常に他者の目を気にしてオドオドして、目立ちたくないのかいつも俯いて消極的な彼女とは印象がまったく違う。

同じなのは、とても優しいこと。

人のために動けること――。

「この夢はなんなんだ……」

予知夢？　いや、そうではないだろう。聖女やアデライードが現在と違い過ぎる。大前提がことごとく違う時点で、それは予知とは言えない。

この夢以外にも、いくつか断片《だんぺん》的な映像も見る。

騎士たちに捕縛《ほばく》されるアデライード。

血に濡《ぬ》れた手を必死に伸ばすも届かない。

そして――処刑場。

振り下ろされる、陽の光に煌《きら》めく大剣《たいけん》。

「っ……！」

恐怖や焦燥《しょうそう》が臓腑《ぞうふ》を突き上げ、ジークヴァルドはギュッと目を瞑《つぶ》り、身体を震わせた。

本当になんなのか。到底《とうてい》ただの夢とは思えない。たとえば前世で実際にあったことだと言われるほうがまだ信じられるぐらいには、鮮明で生々しい。

いや、鮮烈《せんれつ》なのは映像だけじゃない。胸の内で荒《あ》れくるうこの激情もだ。ただの想像や妄想《もうそう》で、これほど精神をかき乱されるものだろうか？　胸が潰れそうになるだろうか？

「キシュタリア公爵令嬢……アデライード……」

傍で眠れたのは、彼女を信用していたからではないのか。

彼女をずっと見てきたから。悪評は嘘であることを、本当の彼女はとても誠実で信用に値《あたい》する人間だと知っていたから。

だが現実には、彼女をずっと見ていた事実などない。

それは夢の中の話なのだ。

「……いや」

ジークヴァルドは眉をひそめ、唇に手を当てた。

夢ではなかったとしたら？

たとえばではなく本当に、実際にあったことなのだとしたら？

「三年後の未来を……俺は一度経験しているとしたら……？」

荒唐無稽《こうとうむけい》な考えだ。

だが、そう考えると不思議なほどすとんと腑《ふ》に落ちる。

そうだ……。聖女が覚醒したときも、アデライードの行動はあまりにも的確だった。

聖騎士の自分ですらなにが起こったのかわからなかったのに、夜空に上がった光の柱を聖女覚醒の光だと断定し、すぐさま皇帝に進言、騎士を連れて聖女のもとに急行した。

光の柱がどこから上がっているかも言い当てた。

「……まさか、そんな……」

馬鹿馬鹿しいほどにあり得ない。

そう思うのに、すべてに説明がついてしまった。

彼女が自分の不眠症を知っていたのにも、隣で眠れたのにも、この胸の高鳴りにさえ。

そう——。目を覚まして愕然とする自分に優しく、そしてひどく嬉しそうに笑いかけてくれたアデライード。

遠慮がちに髪を撫でる手の優しさに、思いがけず心臓が跳《は》ねた。

なぜ、まだよく知りもしない彼女にこんな気持ちになるのかと思っていたが、夢で見る経験を実際にしていたのだとしたら……。

「………」

ジークヴァルドはそっと息をついて、窓の外の月を見つめた。

彼女の髪のように優しい銀の光——。

真実はわからない。確かめようもない。

ただ一つ確かなのは、夢の中の彼女も現実の彼女もひどく優しいということ。

だからだろう。夢の中の自分と同じように、アデライードを守りたいと強く思うようになったのは。

第五章　心から好きです！　どうか私に恋してください！

「うわぁ～っ！」

ジークヴァルドさまから届いたドレスがあまりにも素敵《すてき》で、私は歓声《かんせい》を上げた。

白から紫《むらさき》へのグラデーションが息を呑《の》むほど美しい。腰《こし》の後ろでリボンのように重ねた立体感あるフリルは華《はな》やかで印象的。可愛《かわい》らしさとエレガントさを同時に演出している。コサージュやリボン、袖《そで》や裾《すそ》に施《ほどこ》された精緻《せいち》な刺繍《ししゅう》はジークヴァルドさまの瞳《ひとみ》と同じ色。

華やかなのに清楚《せいそ》で、ため息が漏《も》れるほどエレガント。なんて素敵なの。

だけど、これって……。

「う、わぁ……」

「これは……」

フィオナさまとシェスカが苦笑いをして顔を見合わせる。

「まるで『お嬢《じょう》さまは自分のものだ！』と言わんばかりのドレスですね」

クロードがまったく遠慮《えんりょ》なくズバァッと指摘《してき》する。

「や、やっぱりそう思う？」

「そう思わないほうがどうかしていますよ。完全にアルジェント公子の瞳の色に合わせたコーディネイトじゃないですか。アクセサリーも最高級のアメジストですよ？」

「だよね……」

これ、完全に恋人《こいびと》や婚約者《こんやく》に着せるドレスだよね……。

ぼぼぼぼっと顔を赤くする私に、クロードが無表情でパチパチと拍手《はくしゅ》する。

「おめでとうございます。陥落《かんらく》作戦、上手《うま》くいったようで」

「そ、そう思う？」

「ええ。あれほどところどころで馬鹿……ポンコツを晒《さら》していたのになぜ成功したのかはわかりませんが。アルジェント公子はずいぶんと変わったご趣味《しゅみ》のようで」

「……その一言いらなかった」

それがなくとも、喜べはしないけれど。

だって、このドレスに深い意味はない。ジークヴァルドさまは大切に想《おも》う方がいるっておっしゃっていたもの。その方をお泣かせしないために、討伐《とうばつ》に参加するって……。

私は、なんだかぶすーっとしてドレスを見つめているフィオナさまを窺《うかが》った。

それってやっぱり、フィオナさまのことなのかな……？

「悔《くや》しいけれど、センスは最高ね。このドレスを纏《まと》ったアデライードさまは女神《めがみ》のごとく美しいはずよ。でも、この自己主張、この独占《どくせん》欲よ……！　腹立つっ……！」

「……フィオナさま、いろいろと駄々《だだ》洩《も》れですよ」

「だって、クロードさん！　こんなの許せます⁉」

フィオナさまがギッとクロードをにらみつける。

「あの……フィオナさま、なにか不快なことがございましたか？」

慌《あわ》てて駆《か》け寄《よ》ると、フィオナさまが深刻な表情で私の両手を握《にぎ》る。

「アデライードさま……アルジェント公子に告白されたんですか？」

「え？」

予想だにしなかった言葉に、私は目をぱちくりさせた。

こ、告白？

えっ？　なんでそんな話に？

「いいえ、そういう話はまったく……」

「未告白で、これか！」

ポカンとしたまま首を横に振《ふ》ると、フィオナさまが拳《こぶし》を握り締《し》めて吠《ほ》える。

「順序よ！　自分のものだって周りを牽制《けんせい》する前にやることがあるでしょうが！」

その剣幕《けんまく》に、私は慌てて首を横に振った。

「そんな、自分のものだなんて……。ジークヴァルドさまにはそんな気はないと思います。このドレスも、きっと深い意味はないんですよ」

「「えっ……？」」

瞬間《しゅんかん》、フィオナさま、クロード、そしてシェスカも目を剝《む》く。

「えっ？」

そして、そのまま絶句する。——え？　私、なんか変なこと言った？

「な、なに？　私……わたくし、なにか変なこと言った？」

オロオロする視線の先——クロードとシェスカがため息をつく。

「これはさすがに気の毒ですね」

「お嬢さまにかかると、これだけのドレスをプレゼントしても『深い意味はない』と言われてしまうんですねぇ……」

「え？」

わけがわからない。なに？　みんなどうしたの？

助けを求めてフィオナさまを見ると、彼女は「ああ、もう！」と叫《さけ》んで、ぎゅう～っと私を抱《だ》き締めた。

「恋愛《れんあい》面においてだけ鈍感《どんかん》なのも可愛い！　心配でたまらないけれど、可愛い！」

「えっ？　えっ？」

「気にしないでください！　それより！」

フィオナさまが身を離《はな》し、胸の前で両手を組んで、私の目を覗《のぞ》き込んだ。

「アデライードさま！　聖女のお披露目《ひろめ》では、パートナーをお願いできませんか？」

予想だにしていなかったお願いに、私はびっくり。

「ええっ⁉　わ、わたくしがですか？」

「はい！　同性がパートナーを務めてはいけないって決まりはありませんよね？」

「たしかにありませんが……本当にわたくしでよろしいのですか？」

悪役令嬢《れいじょう》だよ？　まぁ、そんなゲーム上の設定は知らないにしたって、アデライードのすこぶる悪い評判は神殿《しんでん》などでとっくに耳にしているだろうに……。

「ナイツオブラウンズのどなたかでも……」

「天が選んだ人なんか知りません。誰《だれ》がなんと言おうと一番心を尽《つ》くしてくださったのは、アデライードさまです！　だから、アデライードさまにこそ、私の晴れ舞台《ぶたい》を一番近くで見ていただきたいんです！」

フィオナさまが、目をうるうるさせて私を見つめる。

「お嫌《いや》ですか……？」

「いえ、まさか！」

悲惨《ひさん》な死を回避《かいひ》するためという動機はあれど、フィオナさまが軽《かろ》んじられないように、そしてフィオナさまと仲良くなれるように、必死に考えて手を尽くしたんだもの。

思いがけない形でその努力が報《むく》われて——すごく嬉《うれ》しい。

私は恭《うやうや》しく胸に手を当て、にっこりと笑った。

「光栄ですわ。謹《つつし》んで、務めさせていただきます」

「やったぁ！」

フィオナさまがぱぁっと顔を輝《かがや》かせて、万歳《ばんざい》する。ああ、可愛い。

「思いっきりアデライードさまは聖女のものアピールをして、アルジェント公子に地団太踏《ふ》ませてやるわ……！」

ぐっと拳を握るフィオナさまに、クロードが呆《あき》れたように肩《かた》をすくめる。

「お嬢さまに嫌《きら》われるようなことはしないいんじゃなかったんですか？」

「え？　わたくし、フィオナさまを嫌ったりしないわよ？」

それは絶対に。

私が言うと、クロードが「ちょっと黙《だま》っててもらえますか？　お嬢さまが入ってくるとややこしくなるので」と言う。そ、そんな言い草ある？

「アデライードさまはああ言ってくださってますし、これはアデライードさまのためでもありますから。障害があってこそ恋《こい》は燃えるものでしょう？」

「……という大義名分で思いっきり邪魔《じゃま》するつもりですね？」

「そんなことはしませんってば。あくまで、ちょっとした障害になってあげるだけですよ。それに、軽く突破《とっぱ》できないならアデライードさまを手に入れる資格はありませんよ」

「それはそうですが……」

「同感です。みんなもきっとそうですよ。最近、使用人の間でも『お嬢さま見守り隊』と『お嬢さまお守りし隊』が結成されたんです。ご存じでした？」

「えっ⁉　本当⁉　今度みんなでお話ししましょうよ」

……フィオナさまとクロードとシェスカが、よくわからない話題で盛り上がっている。

私はジークヴァルドさまからいただいた美し過ぎるドレスに視線を戻《もど》した。

本当に、このドレスを纏ってジークヴァルドさまの隣《となり》に立ってもいいのかしら？

まるで、将来を誓《ちか》い合ったかのように……。


「聖女さま、ならびにパートナーのアデライード・ディ・キシュタリア公爵令嬢《こうしゃくれいじょう》のご入場です！」

高らかな紹介《しょうかい》とともに会場に足を踏み入れた途端《とたん》、人々がざわめいた。

「なぜ、キシュタリア公爵令嬢が……」

「聖女をエスコートするにふさわしい人物が、ほかにいるだろうに」

「まぁ、ごらんになって、あのドレス。聖騎士《きし》でも気取っているのかしら？」

「ええ、奇抜《きばつ》な……。この神聖な場をなんだと思っていらっしゃるのかしら？」

訝《いぶか》しげな――悪意すら感じられる視線にも、凛《りん》と顔を上げる。

批判的な意見は当然ある。この短期間で、アデライードの悪評を払拭《ふっしょく》できるはずもない。それだけのことをアデライードはやってきたもの。

でも、決してそれだけじゃない。

「なんてお美しいのかしら。聖女さまもキシュタリア公爵令嬢も」

「聖騎士服に似たデザインのドレスは、令嬢の決意の表れでもあるのでは？　身を尽くし、聖女をお守りするという――」

努力の甲斐《かい》あってか、好意的な言葉もちらほら聞こえる。

そのとおりで、私のドレスは聖騎士の騎士服をベースにデザインしたパンツドレス。ラインはやや女性的にしてあるけれど騎士らしい詰襟《つめえり》のジャケットに、純白のシルクのオーバースカート。純白のタイトなパンツに、同じく純白の踵《かかと》の高いロングブーツ。髪《かみ》はポニーテールに、腰には細身の飾《かざ》り剣《けん》を。アクセサリーは左耳のイヤリングのみ。

聖女として帝国《ていこく》の伝統的な純白のドレスを纏うフィオナさまに合わせたクリスタルの物。

私は聖騎士でも騎士でもないけれど、それでもフィオナさまを守るためにここにいる。

ゲームでは、フィオナさまが貴族として著《いちじる》しくマナーに欠けた態度で挨拶《あいさつ》をしたことが、のちの虐《いじ》めに繫《つな》がっていた。そして、その主犯格はアデライードだった。

でも、今回は違《ちが》う。

誰にもフィオナさまを傷つけさせない。私が守ってみせる。

「…………」

私の肘《ひじ》にかけられたフィオナさまの手から、緊張《きんちょう》が伝わる。

大丈夫《だいじょうぶ》、大丈夫ですよ。フィオナさま。私がついていますから。

フィオナさまのお望みどおり、一番近くでフィオナさまを見守っていますからね。

フィオナさまが玉座《ぎょくざ》の前に進み出て、ふわりとカーテシーをする。

ただし、頭を下げ過ぎない——聖女としての礼。

「帝国を照らす太陽と麗《うるわ》しき月にご挨拶申し上げます。帝国のさらなる繁栄《はんえい》を」

そのあまりの美しさに、周囲から感嘆《かんたん》の息が漏れる。

フィオナさまはくるりと回れ右をし、そっと両手の指先で唇《くちびる》を押さえる。そして、その手を高く広げて周囲を見回した。

「聖女より、光の祝福を。みなさまに天のご加護がございますように」

——完璧《かんぺき》！

内心グッと拳を握り締めた瞬間、わぁっと歓声が沸《わ》き起こる。

それが静まるのを待って、フィオナさまは再びぐるりと周囲を見回した。

「わたくし——フィオナ・ラ・クリステルは聖女として……」

そうして、吟味《ぎんみ》に吟味を重ねた挨拶を述べる。

その言葉に迷いはなく、視線は揺《ゆ》るぎなく、力強く——美しく澄《す》んだ声が、人々の心を的確にとらえてゆく。

「帝国の繁栄を、みなさまの幸福を心より祈念《きねん》し、挨拶に代えさせていただきます」

そして——フィオナさまが恭しく胸に手を当てて目を伏《ふ》せた瞬間、再び歓声が湧《わ》く。

割れんばかりの拍手の中でフィオナさまが私を見て、ホッと安堵《あんど》した様子で破顔《はがん》した。

「……どうでしたか？」

傍《そば》に来て、フィオナさまが小さな声で尋《たず》ねる。

私はにっこり笑って、胸に手を当てて恭しく一礼した。

「完璧です。感服いたしましたわ。わたくしの聖女さま」

芝居《しばい》がかったお辞儀《じぎ》に、フィオナさまが晴れやかに笑う。

「よかった……！　では、このあとは……」

「陛下のお言葉があったあとに、ダンスがはじまるはずです。最初の申し込みはおそらくジェラルド殿下《でんか》だと思いますわ」

「同じ人と二度踊《おど》ってはならないんでしたね？」

「ええ。——大丈夫ですよ、フィオナさま」

再び表情を固くしたフィオナさまの背を優《やさ》しく撫《な》でる。

「あれだけ練習したではありませんか。あのクロードが完璧と太鼓判《たいこばん》を押したんですよ？自信を持ってください」

「はいっ……」

グッと両手を握り締めて、フィオナさまが気合いを入れる。

そうこうしている間に皇帝《こうてい》陛下の挨拶が終わり、オーケストラによる演奏がはじまる。

聖女に最初にダンスの申し込みをしたのは——やはりジェラルド殿下だった。

「キシュタリア公爵令嬢」

ホールの中央に連れ立ってゆく二人の背中を見送っていると、低くて甘い声が私を呼ぶ。

瞬間、トクンと心臓が跳《は》ねた。

「ジークヴァルドさま……」

ジークヴァルドさまが踵を揃《そろ》え、恭しくお辞儀をする。

「ダンスのお相手を願えますか？」

「え……？」

思いがけない言葉に、私は目を丸くした。

パンツドレスは、この世界にはまだないもの。社交界の常識からすると、奇抜どころの話ではない。そんな格好をしているのだから当然、ダンスの誘《さそ》いなんてないと思っていたのに……。

「あ……わたくし、このような格好ですが、構いませんか？」

「もちろんですとも、ぜひ」

ジークヴァルドさまはさして気にする様子もなく、目を優しくする。

差し出されたその手に、私はおずおずと自分のそれを重ねた。

「では、よろしくお願いいたします」

ホールの中央に出て、ジークヴァルドさまの背中に手を回す。

思えば……ジークヴァルドさまと踊るのははじめてなんだわ……。

気づいてしまった瞬間、心臓がドキドキと早鐘《はやがね》を打ち出してしまう。

それがなんだかすごく恥《は》ずかしかった。この音……ジークヴァルドさまに聞こえてしまわないかしら……。

「聖女さまのご挨拶、とても素晴《すば》らしかったですね」

「え、ええ……。本当に……」

気遣《きづか》いに溢《あふ》れた大きな手を、頼《たの》もしく力強い腕《うで》を、鋼《はがね》のようにたくましい胸を、低くて魅惑《みわく》的な声を、ひそやかな息遣《いきづか》いを間近に感じて、どんどん顔が熱くなってゆく。

意識しちゃ駄目《だめ》と思うほどに、まざまざとジークヴァルドさまを感じてしまう。ああ、きっと今、私、耳まで真っ赤になってしまっているはず。

なにかで気を散らさないと、変に思われてしまうわ。

「あ、あの……最近……体調はいかがですか？」

　ジークヴァルドさまでいっぱいになってしまった頭を必死に叱咤《しった》して、なんとか話題を捻《ひね》り出す。

「先日窺ったときは、夢見がよろしくないとのことでしたが……その後いかがですか？」

「……変わらずです。むしろ、より鮮明《せんめい》に見るようになりました」

「え……？」

　まだ続いているの？

　私は慌ててジークヴァルドさまを見上げた。

　以前窺ったときは悪夢ではないとのことだったけれど、でも意味深で妙《みょう》に気になる内容なのでしょう？　それがそんなに長く続いているのなら、それはもう悪夢と言っても過言ではないのでは？　だって、そんなの絶対に精神衛生上よくないもの。

「ジークヴァルドさま、おつらいのでは……。よろしければ、また……」

「いいえ、つらくはありません。とても優しい夢ですから」

　ジークヴァルドさまが首を横に振り、私の身体《からだ》を優しく引き寄せて囁《ささや》く。

「優しい夢……？」

「ええ、もっと見たいと願うほどに」

　あれ？　じゃあ、以前おっしゃっていたのとは別の夢なのかな？

内心首を傾《かし》げながら、音楽に合わせてターンする。

ひらりと優雅《ゆうが》にオーバースカートを揺らしてジークヴァルドさまの腕の中へと戻り――

あらためて彼を見上げた。

「ジークヴァルドさま……」

「――白百合《しらゆり》をありがとうございます」

私をまっすぐ見つめる紫色《むらさきいろ》の輝きが、切なげに揺れる。

「あなたは本当に人をよく見ていらっしゃる。まさか怪我《けが》に気づかれてしまうなんて……精神力には自信があったのですが……情けない……」

「えっ⁉ そんな！ 情けなくなんかありません！ ジークヴァルドさまは負けなかったじゃないですか！」

聞き捨てならない言葉に、とっさに反論してしまう。

ジークヴァルドさまはどんな理不尽《りふじん》にも、凄惨《せいさん》な暴力にも、屈《くっ》しなかった。

卑劣《ひれつ》な加害者を告発することだってできた。報復することだって。

でも、しなかった。

ただ聖女さまを守る聖近衛騎士《このえきし》団団長――聖女さまのための美しく鋭《するど》い剣であり続けた。

「ジークヴァルドさまは素晴らしい方です。ただ、私に堪《こら》え性《しょう》がなかっただけで……」

あれはただの私の我儘《わがまま》だ。

私が、傷ついているジークヴァルドさまを見ていられなくて。

私が、ジークヴァルドさまにもう苦しんでほしくなくて。

ジークヴァルドさまの想いや、信念やプライド、努力なんかまったく考えず、ただ私がしたいようにしてしまっただけの話だ。

「ですから……」

私はジークヴァルドさまを見上げて――言葉を失った。

私を見つめるジークヴァルドさまの表情は驚《おどろ》きに満ちていて、なんだかとても苦しげで、切なげで、でも頰《ほお》は喜びにうっすらと上気し、アメジストの双眸《そうぼう》には愛《いと》しさが溢れていたからだ。

え……？　なに……？

「そう、ですか……」

ジークヴァルドさまが私を引き寄せる。

その手は、はっきりと震《ふる》えていた。

「やはり……そうだったのですね……」

「ジークヴァルドさま……？」

様子がおかしいような……？　私、またなにかおかしなことを言ってしまったかしら？

内心首をかしげて――私は息を吞んだ。

待って。ジークヴァルドさまに回復アイテムの白百合を渡《わた》したのは『一回目』の話だわ。

この『二回目』では、まだ聖女のための聖近衛騎士団すら結成されていない。

当然、ジークヴァルドさまは団長に指名されてはいないし、妬《ねた》みによる理不尽な暴力に晒されてもいない。

白百合に対するお礼も、怪我に気づかれたという言葉も、『一回目』の記憶《きおく》がなければ出て来るはずがない！

まさか、ジークヴァルドさまが見ている夢って『一回目』の記憶なの⁉

ジークヴァルドさまも、あのときのことを覚えている——⁉

「あ、あの、ジークヴァルドさま、私……！」

「キシュタリア公爵令嬢」

ジークヴァルドさまが目を細めて、鼻が触《ふ》れ合いそうなほど顔を近づけた。

「今宵《こよい》、あなたは聖女さまのもの。それは仕方がありません。ですが、派兵前の夜会では、あのドレスを着て……俺だけのものになってくださいますね？」

「っ……」

ジークヴァルドさまのアメジストの双眸が甘く煌《きら》めいて、思わず息を呑む。

「も、もちろんです。約束ですので……。あの、そうじゃなくて……」

「楽しみにしております」

ジークヴァルドさまが笑《え》みを深めて、さらに私の身体を抱き締める。

そして——ジークヴァルドさまの熱い吐息《といき》と甘い声音《こわね》が、私の耳に触れた。

「——アデライード」

瞬間、心臓に衝撃《しょうげき》が走る。

私は大きく目を見開き、息を詰《つ》め——思わず足を止めてしまった。

幸い、そのタイミングで音楽が終わる。

ジークヴァルドさまは姿勢を正すと、うっとりするほど素敵な笑みを浮《う》かべて一礼した。

「素敵なひとときをありがとうございます、アデライード」

「っ……」

言葉が上手く出てこない。

ただただ顔が燃えるように熱い。

身を震わせることしかできない私に、ジークヴァルドさまは満足げに笑って去ってゆく。

私は真っ赤になっているであろう頬を両手で覆《おお》って、急いで壁際《かべぎわ》へと避難《ひなん》した。

「なっ……」

なにあれ————っ⁉

心臓が——いえ、もう全身が脈打っているかのよう。

鼓動《こどう》がうるさ過ぎて、周りの音がいっさい耳に入ってこない。

壁に額をつけて一体化してなんとか冷静さを取り戻そうとするけれど、まったく上手くいかない。

考えなきゃいけないことがあるのに、思考も上手く働かない。

夢って……白百合って……ドレスが……ジークヴァルドさまの声が……吐息が……。

「キシュタリア公爵令嬢」

必死に素数を数えて思考の回復をはかっていると、後ろから声をかけられる。

私は飛び上がらんばかりに驚いて、振り返った。

「は、はい？」

「ダンスのお相手を願えますか？」

「ええっ⁉」

申し出が信じられず、相手をまじまじと見つめてしまう。栗色《くりいろ》の髪にセピア色の瞳の、穏《おだ》やかで物静かそうな男性だった。ええと……？　ごめんなさい。お名前も存じ上げないのだけれど……どちらの家門の方だろう？

「あの、わたくしは本日、聖女さまのサポートのつもりでしたのでお誘いいただけるとは思っておらず……。このような格好ですが、よろしいでしょうか？」

「はい、ぜひ」

男性がにっこり笑顔《えがお》で頷《うなず》く。も、もの好き……。

でも、ここまで言ってもらって断るのは失礼だよね……？　そもそも断る理由もないし。

冷静さを取り戻すのにもいいかもしれない。

私は頷いて、差し出された手に自分のそれを重ねた。

でも——もの好きさんは彼だけに留まらなかった。

「キシュタリア公爵令嬢、どうかダンスのお相手を」

「私ともぜひ」

彼とのダンスが終わると同時に、わらわらと男性たちが寄って来る。

慌ててフィオナさまのほうを見ると、彼女のもとにもまた男性たちが押し寄せていた。

それはわかる。聖女さまとはみんな踊りたいよね。でも、なんで私まで？　疑問しかない。

「は、はい……。ぜひ」

考えたいことも、ジークヴァルドさまに確認《かくにん》したいこともあるけれど……仕方がない。

フィオナさまだって頑張《がんば》ってらっしゃるのもの。

私はなんとか笑顔を作り、次の男性の手を取った。


「つ、疲《つか》れた……」

ダンスの申し込み、普通《ふつう》に着飾《きかざ》っているときより多かったんじゃ……？　なんだろう？嬉しいような、なんだか釈然《しゃくぜん》としないような……。まぁ、いいんだけど……。

手を洗いながら、鏡を見つめる。

私もフィオナさまはもここまでぶっ続けで踊っているから、お手洗いから戻ったら一旦《いったん》、私はともかくフィオナさまは休ませて差し上げなきゃ。

大丈夫――。教育の成果はちゃんと出ているわ。ここまでは順調を超《こ》えて完璧だもの。このまま大成功で終わらせてみせるわ。

あとは、ジークヴァルドさま……。

おそらく、ジークヴァルドさまは『一回目』の記憶を夢で見ていらっしゃる。

そして、それがただの夢なのかどうかを確めるために、私に白百合に対するお礼を口にされたんだわ。

ジークヴァルドさまに『一回目』の記憶があっても、別段困ることはないけれど……。

「っ……」

私は唇を噛《か》みしめた。

ジークヴァルドさまを利用しようと――悲惨な死を回避するために必死に誘惑《ゆうわく》しようとしていたと知ったら、なんて思うかしら……。

私に幻滅《げんめつ》してしまうかしら……。

フィオナさまのお披露目を完璧に終えたあとに、きちんとお話しさせていただこう。

そんなことを考えながら、お手洗いを出る。

そして、庭園に面した渡り廊下《ろうか》を大ホールへと急いでいた——そのときだった。

「きゃっ……」

夜風に紛《まぎ》れてしまいそうなほど小さな悲鳴が耳をかすめる。

それがフィオナさまの声のように聞こえて、思わず足を止めて視線を巡《めぐ》らせた。

「急げ！」

ひそやかだが鋭く殺意のこもった声とともに、黒のマントが翻《ひるがえ》る。

庭園の奥——怪《あや》しげなフードマント姿の男たちがなにかを運んでいた。あれはなに？

マントの隙間《すきま》からチラリと白いドレスが見えた瞬間、戦慄《せんりつ》が背中を駆け上がる。

駄目——！

直感が身体を突《つ》き動かす。私は考えるよりも先に駆け出した。

「なにをしているの⁉　その御方《おかた》を離しなさい！」

「⁉」

一人のフードマントをひっつかんで叫ぶと、男たちがいっせいに私を見る。

ご丁寧《ていねい》に全員覆面《ふくめん》をしていたため、人相はよくわからなかった。

「アデラ……うっ！」

男たちが抱《かか》えていたのは案の定と言うか――この予想は当たってほしくなかったけれど、フィオナさま。私を見てなんとか声を上げるも、男の一人が素早《すばや》くその口を手で塞《ふさ》ぐ。

「キシュタリア公爵令嬢か！　どこまでも邪魔を……！」

男の一人が舌打ちして叫ぶ。

どこまでも？　まるで、以前にも邪魔をされているかのような言い回しだ。もしかしてどこかで会った――？

でも、男たちは目以外すべてを隠《かく》している状態。それでは判別がつかない。

「見つかってしまった以上、残していくのは危険だ。コイツはなにをするかわからない」

「クソ！　面倒《めんどう》かけやがって！」

「え？　きゃっ！」

先ほどの男が再び舌打ちし、素早く私の手をつかんで引き寄せ、そのまま抱え上げた。

マズいわ！

このまま連れて行かれるわけにはいかない！　助けを呼ぼうと大きく息を吸ったものの、しかし賊《ぞく》のほうが一枚上手だった。口の中になにやら丸めた布のようなものを突っ込まれ、それを封《ふう》じられてしまう。

「ん、ぐぅっ……！」

「急げ！」

私たちを抱えて、男たちが走り出す。

そこに見えている大ホールが、みるみるうちに小さくなってゆく。

「っ……！」

フィオナさまの護衛はどうしたのよ!?　神殿から聖騎士が二名、皇帝陛下から騎士二名、計四名が傍についていたはずでしょう!?　だから私は、フィオナさまから離れてお手洗いに行ったわけで。同じように、なにかの拍子《ひょうし》に一人二人が離席《りせき》することがあったとしても、四人全員が同時にフィオナさまから目を離すなんてこと、絶対にあってはならないことでしょうが！

でも、ここで護衛に怒《おこ》ったところで、事態がよくなるわけもない。

とにかく逃《のが》れようと必死に暴れたけれど、しかし男たちの駆ける速度は緩《ゆる》むことはなく、建物が視認《しにん》できない庭園の奥まで連れて行かれてしまう。

「急げ！　こっちだ！」

人工の森の手前――。同じくフードマントの男が手を上げる。

その足元に用意されている魔法陣《まほうじん》を見て、私は息を呑んだ。

あれって転移魔法陣じゃないの!?

魔法《まほう》には魔力《まりょく》を源にしているものと神聖力を源にしているものがあり、転移魔法は回復魔法と同じく後者。要するに、基本的には神官が揮《ふる》う力だ。

神官は、聖女と同じく神の意志に従う者だ。つまり、神殿に属する者。

なぜ、聖女に従うべき神官が暴漢の中にいるの——⁉

息を呑むと同時に、目の前の景色が変わる。

夜会の華やかな喧騒《けんそう》とは無縁《むえん》な、月の光すら届かない鬱蒼《うっそう》とした森の中。

木々の間からわずかにでも星を確認できれば方角がわかるかもしれないと、身を捩《よじ》って空を仰《あお》ぎ見たけれど、その瞬間私たちは用意されていた馬車に押し込められてしまった。

「いいぞ！　出せ！」

ドアを閉めると同時に、鋭い声がする。

次の瞬間、馬車はものすごい勢いで走りはじめた。

「っ……ぷは！」

時間を惜《お》しんだのか、私のことは縛《しば》り上げないでいてくれてよかった。

私は急いで口の中に詰め込まれた布を引っ張り出し、後ろ手に縛られて向かいの座席に転がされているフィオナさまに覆い被《かぶ》さった。

フィオナさまが座席から転がり落ちてしまわないように身体全体で押さえつけながら、彼女の手の縄に取り組む。くぅ……！　固い！

体勢的に力が入らないから苦労したけれど、なんとか結び目を解いた。

「フィオナさま！　大丈夫ですか⁉」

「っ……！」

フィオナさまを抱き起こして座らせる。

同時に彼女は、口の中に詰め込まれた布を引っ張り出して、私に抱きついた。

「アデライードさま！　ああ……！　また、アデライードさまが来てくださった……！」

「ええ、フィオナさま」

彼女の細い肩が震えている。私はその華奢《きゃしゃ》な身体をぎゅうっと強く抱き締めた。

「フィオナさまの危機にはいつでも、どこでも、何度だって、わたくしは必ず駆けつけてみせますわ。ご安心なさって。それより、騎士は……護衛はなにをしていたのです⁉」

「ええと、私がお手洗いに行きたいと言ったら……その……」

ああ、なるほど。そういうことね。騎士は全員男性だったし、配慮《はいりょ》したってことか……。中にまでついて行くのが憚《はばか》られるのはわかるけれど、お手洗いの前まではついていきなさいよ！　暴漢が出る場所を選んでくれるとでも思ってるわけ⁉

無事に帰れたら、油断したのか揃ってフィオナさまの傍を離れた四人の騎士には処罰《しょばつ》を、そして今後は聖女の護衛に女性騎士を入れていただけるように進言しないと！

私は奥歯《おくば》を噛み締め、窓の外をすごい勢いで流れる景色を見た。

ゲームでは脇役《わきやく》キャラの日常まですべてが描《えが》かれるわけではないから、アデライードの日常が多少ゲームと違ったところで、シナリオから外れたことにはならない。

でも、ヒロインは違う。それこそこんなトラブルがゲーム――ヒロインの物語において語られないわけがない。

だけど、お披露目パーティーでこんなトラブルはなかった。

それってつまり――今回は早々にシナリオから外れたということ？

それは喜ばしいことでもあるけれど、同時に震えるほど怖《こわ》いことでもある。

シナリオから外れたら、その先は完全未知数。なにが起こるかわからない。事態が悪い方向に転がる可能性は十二分にある。攻略《こうりゃく》対象ですら命の保障はない。事実、一回目ではメイン攻略対象であるはずのジークヴァルドさまが死んでしまった。

悪役令嬢の私はもちろん、フィオナさまも――ヒロインだからといって死なないなんて保障はどこにもないのだ。

「わたくしが必ず……」

どうしてだろう？　言葉が上手く出てこなくて、私は口を噤《つぐ》んだ。

『お守りします』と言うつもりだった。だって、そもそも当初の目的が彼女をさまざまな危険や困難から守ることで懐柔《かいじゅう》――いえ、良《い》い関係を築くことだったから。

でも、いつからだろう？　そんな打算まみれの思いは私の中から消えていて――。

私はフィオナさまの手を両手で包み込むと、美しい新緑の瞳をまっすぐ見つめた。

「必ず一緒《いっしょ》に帰りましょう！　フィオナさま！」

ともに頑張ろう。

ともに立ち向かおう。

そして——ともに乗り越《こ》えよう。

ヒロインだからではない、フィオナさまのことが大好きだから。

生き残るためだけじゃなく、これからもフィオナさまと一緒にいたいと思うから。

ご褒美《ほうび》がほしいがために尽くすような、一方的で打算的な関係で終わりたくない。

だから、かける言葉は『わたくしがお守りします』じゃないと思った。

一緒に。

ヒロインと悪役令嬢が対等なんてあり得ないって、一回目の私なら考えたわ。ううん、この二回目でも——最初はそう思ってた。

でも、今は違う。

ヒロインと悪役令嬢という枠《わく》を超えて——対等な関係でありたいと思うから。

だって、楽しかったの。今日まで、フィオナさまとともに過ごした時間が、本当に。

はじめて、悲惨な運命を変えるため——生き残るための過程ではなく、毎日が楽しいと思えた。

もう守りたいのは命だけじゃない、フィオナさまとの恋バナも、ジークヴァルドさまに振り向いてもらうためのレッスンも、絶対に失いたくないかけがえのない時間だから。

「はい！　もちろんです！」

フィオナさまが私の手を握り返して、大きく頷く。

「怖いけど、アデライードさまがいてくれるので頑張れます！　一緒に帰りましょう！」

「っ……」

『一緒に』──その言葉に胸が熱くなる。

そうだ。一緒に帰って、悲惨な死の回避というご褒美目当ての『良い関係』ではなく、お友達になるんだ！

そう気持ちを新たにしていると、フィオナさまが私に身を寄せ、囁く。

「実は気づいたことがあるんです。アデライードさまに『どこまでも邪魔を……！』って言った男、声に聞き覚えがありました」

「えっ⁉」

「ヘイル伯爵《はくしゃく》家の次男、ライリーじゃないかと……。ライリー・ジ・ヘイル」

「ヘイル伯爵家？」

ゲームでその名を見た覚えはない。名もなきモブなのか、それともそもそもゲームには登場していないのか……。

一回目のときに必死になって覚えた貴族名鑑《めいかん》の記憶を検索《けんさく》して、ようやくたどり着く。

「たしか、フィオナさまのご親戚《しんせき》では……」

「はい、従兄弟《いとこ》です」

じゃあ、間違《まちが》いないわ。彼はゲームのキャラクターじゃない。ヒロインの従兄弟なんて、ゲームには出てこなかったもの。

登場すらしない男が、ヒロインを攫《さら》うなんてトラブルを起こした……。うん、やっぱりシナリオから外れたみたいね。

「フィオナさま、神殿での神聖力の訓練はどこまで進んでます？」

「まだ神聖力を高める訓練が中心です。身を守る術として、防護結界と回復魔法の一部を習いはしましたけど……」

「防護結界……！　できますか？」

「一応できますが……。でも、まだ自分の周りにしか展開できなくて……。あの男たちを閉じ込めることができればよかったんですけど……」

「いえ、それでもとてもありがたいですわ！」

私は大きく頷き、フィオナさまの手を再度強く握り締めた。

「フィオナさま、すでにクロードがわたくしたちの不在に気づいているはずです」

予想外の言葉だったのか、フィオナさまが目を丸くする。

「えっ⁉　クロードさんって、アデライードさまに随従《ずいじゅう》していましたか？」

「いえ、なにかあったときのために、夜会の会場に潜入《せんにゅう》させていました」

今宵の夜会は聖女のお披露目も兼《か》ねた盛大《せいだい》なものであることを利用して、キシュタリア公爵《こうしゃく》家から執事《しつじ》とメイドを派遣《はけん》していたの。もちろん正規のルートで。

クロードは、会場で飲みものを配り歩きながら、常にフィオナさまを注視していた。

だから、間違いなく私たちが戻らないことに気づいているし、きっとすでに行動も起こしているはずよ。

そして私は、フィオナさまを拐《かどわ》かす男たちに駆け寄る前にハンカチを落としてきた。

クロードなら、それを見ればきっと私たちが攫われた可能性にも気づいてくれるはず。

「……本当に、アデライードさまってすごいですね……」

フィオナさまが感嘆の息をつく。

いいえ、ゲームの知識と一回目の経験というアドバンテージがあるからこそ備えられているだけ。私はクロードのような本当に有能な人間ではないから。

だから、シナリオを外れてそれが役に立たないここからは――本当に命がけだ。

正直、震えるほど怖い。

泣きたいし、悲鳴を上げたい。そうしたら、またジークヴァルドさまに来てくるかもしれない。いいえ、来てほしい。助けてほしい。『一回目』のあのときのように。

でも、それじゃ駄目なのよ。

『一回目』の無力な私のままじゃ、またジークヴァルドさまに危険が及《およ》ぶかもしれない。

道は、自分の力で切り開かないと！

「ですから、今すべきことはクロードにわたくしたちのいる場所を教えること。そして、クロードが騎士団を伴《ともな》って助けに来てくれるまで、自分たちの身を守り抜《ぬ》くことです」

「……！　それで防護結界が必要なんですね？」

「ええ、フィオナさまの御力をお貸しください！」

「わかりました！」

私は頷いて、オーバースカートで隠した腰につけていたホルスターを探《さぐ》った。

そこには、開発中の護身用魔導具《まどうぐ》――光の魔法を応用したハンドガンタイプの照明弾《だん》が。

「アデライードさま、それはなんですか？」

「開発中の魔導具です。クロードに居場所を教えられるものなんですが……」

本当は皇宮《こうぐう》から連れ出される前に使えたらよかったんだけれど、まだ試作段階のコレは撃《う》つまでに時間がかかるのよ。この時間をどれだけ短縮できるかが現在の課題だったの。

だからあの場で不用意に取り出して、奪《うば》われるわけにはいかなかった。

こんなに早く使うことになるなんて……。そして、一番使いたいときに使えなくて困ることになるなんて……。

スイッチを押すと、銃身《じゅうしん》に光の魔力が溜《た》まってゆく。

私は窓の外をにらみつけた。

さて、問題は、ここがどこなのか——よ。お願い！　皇宮から照明弾の光が確認できる範囲《はんい》であって！

転移魔法は、非常に特殊《とくしゅ》かつ高度な魔法だ。それを自在に扱《あつか》えるのは、ほんの一握《ひとにぎ》りの人間だけ。

だからこの世界では、都市の神殿に、床《ゆか》に転移魔法陣を彫《ほ》り込んだ部屋——転移の間を設置して、王族や国の重職の方々が地方での視察や式典などに赴《おもむ》くとき、神官が災害や魔物の被害《ひがい》に遭《あ》った地に復興や浄化《じょうか》のために行く際や、騎士や聖騎士が緊急《きんきゅう》の任務に当たるときに使われている。

つまり基本的に、暗殺などを警戒《けいかい》しなくちゃいけないやんごとなき身分の方々に安全に移動してもらうためだったり、神官や騎士、聖騎士による迅速《じんそく》な対応が求められるときに使われるもの。

そしてそれは、一瞬《いっしゅん》で遠くまで、一度に大量の人間を送れるけれど、原則として転移の間から転移の間への移動で、目的地を自由に設定できるわけではない。

一応、神官は転移の間以外でも転移魔法を使うことができる。そのときに必要なのが、スクロールだ。

スクロールとは、魔法を閉じ込めた紙のこと。

それさえあれば、神官や聖女など神聖力を扱える人なら誰でも転移魔法を使えるの。

あの暴漢が地面に設置していたのも、スクロールだった。

だけどスクロールだと、好きな場所から、あらかじめ設定した好きな場所に飛べる反面、それほど遠くには飛べないし、一度に飛べる人数も限られる。便利な分、制限があるの。

あの大きさのスクロールで、私たちを含《ふく》む六名が移動したって考えると――ここは案外皇宮の近くなのかもしれないわ。だから、この馬車もものすごい速度で走っているのよ。少しでも遠くに行くために。そうに違いない！

その可能性に賭《か》けるわ！

私は照明弾を見つめた。

光の魔法が溜まった！　これで撃てる！

「フィオナさま、座席に伏せて、しっかりつかまっていてくださいませ！」

「はい！」

私は疾走《しっそう》する馬車のドアを開けた。

騎馬《きば》で馬車に追従していた男が、驚いたように声を上げる。

「オイ！　なにをして……！」

私は構わず、照明弾を空に向かって撃った。

そして素早くドアを閉め、フィオナさまに覆い被さり、その身体を強く抱き締めた。

空に上がった光の玉がまるで花火のように弾《はじ》けて、あたりを昼間のように明るくする。

鬱蒼と茂《しげ》る木々の間を疾走していた男たちの目はすっかり闇《やみ》に慣れていたはず。いいえ、男たちだけじゃない。馬もそのはずよ。

そこに、あたりが昼間のように明るくなれば、どうなるか——。

瞼《まぶた》を閉じていてもわかるほどの光を感じた直後、男たちの悲鳴と鋭い馬の嘶《いなな》きが響《ひび》いて、馬車が激しく揺れる。

その揺れはすぐに収まり、馬車が止まる。私は素早く起き上がった。

「フィオナさま、行きますよ！」

「はい！」

ドアを開けて、馬車から飛び降りる。

御者《ぎょしゃ》の男も、馬で馬車を追従していた男たちも、一様に目を押さえている。

——そうよね。急にあれだけ明るくなれば、視界が真っ白になったわよね。

できれば、しばらくそうしていて。

「アデライードさま！」

フィオナさまが馬車から降りる。

私は頷き、その手を握って一緒に駆け出した。

「オイ！　女たちが……！」

「待て！　馬が怯《おび》えて……！」

男たちの声を背中で聞きながら、森の中に分け入って必死で走る。

方向は気にしない。とにかく道から外れること！　少しでも男たちから離れること！

二人とも、夜会用のドレスに踵の高い靴《くつ》だからすごく走りにくい。だけど、森の中じゃ靴を脱《ぬ》ぐわけにもいかず、もどかしい。ぬかるみや木の根に足を取られて転ばないように気をつけていたら思ったようなスピードは出ないけれど、それでも走る。

攻撃《こうげき》から身を守るのにも、こちらから反撃《はんげき》するのにも、現状使えるのはフィオナさまの防護結界だけ。でも、フィオナさまはまだ聖女として修行《しゅぎょう》をはじめたばかり。自由自在に使えるわけじゃない。慎重《しんちょう》に使わないと。

護身用の魔導具はいろいろ開発中だけれど、人を傷つけることを避《さ》けて、逃《に》げることと味方に居場所を教えることに重きを置いたものばかりだったわ！　攻撃こそ最大の防御《ぼうぎょ》！　こちらから攻撃できるものも絶対に必要よ！

無事に帰れたら、スタンガンみたいな魔導具も作らなきゃ！

「……っ……」

奥歯を噛み締める。

その逃げるための避難用魔導具だってまだ完成していないのだから、どうして私は転移魔法のスクロールを手に入れておかなかったの!?

完全に私のミスだわ！　危機管理がきちんとできていなかった！

悲惨な運命を回避するために行動しておきながら、早々にシナリオから外れる可能性をまったく考慮《こうりょ》せず、フィオナさまを淑女《しゅくじょ》として完璧に仕上げれば大丈夫だと、すべてが上手くいくと決めつけてしまっていたのもそうよ！

反省しなさい！

私の慢心《まんしん》が、大切な友達を危険に晒したのよ！

「待ちやがれ！」

背中に追いすがってくる声。

その近さに私は息を呑み——フィオナさまに声をかけて足を止め、素早く回れ右をした。

「フィオナさま！　わたくしたちの周りに防護結界を！」

「はいっ！」

フィオナさまが手を前につき出すと同時に、淡《あわ》い白い光が私たちを包み込む。

私は綺麗《きれい》なドーム型をした防護結界を見上げて、その壁に触れた。

「では、この範囲を一気に広げてください！」

「広げる？」

一瞬、『なぜ？』という顔をしたものの、フィオナさまは尋ねることなくそのとおりに。

一気に広範囲に広がった防護結界。そうなれば当然——勢いよく移動する結界の壁が、こちらに迫《せま》り来る男たちに正面からぶち当たる。

「ぎゃっ！」

「うわぁっ！」

光の壁に男たちが吹《ふ》っ飛ばされる。

「ああ、なるほど！　防護結界って、こういうふうにも使えるんですね！」

フィオナさまが感心した様子で頷く。

私は、男たちがひどく緩慢《かんまん》な動きながら身を起こそうとしているのを見て、奥歯を噛み締めた。

男たちの駆けるスピードと防護結界の固さがあれば、上手くいけば失神してくれるかもって思ったけど……そこまで甘くないか。

「行きますよ！」

私は、再びフィオナさまの手を引いて走り出した。

「待て……！　クソッ……！」

男たちの悪態が小さくなってゆく。

私はもう片方の手に握る照明弾を見た。

コレが撃てるのは、三発分。二発目の光の魔法はすでに溜まっている。

私は男たちが追いついてきたタイミングを見計らって、それを空へ向けた。

「フィオナさま！　目を閉じてください！」

キツくつむった目蓋《まぶた》の向こうが、ひどく明るくなる。

「うわっ！」

「またかっ！」

撃ってすぐ、ボタンを押して光の魔法を溜めはじめる。

最後の一発はどう使うのが、私たちの生存率を上げるだろう？　男たちに向けて撃ってみたらどうだろう？　より強い光で目にダメージを与《あた》えられたらいいけれど、上手くいくだろうか？　人に向けて撃ったことがないからわからない。

でも、空に向けて撃つより近くで発光することになるから、私たちにもダメージがあるかもしれない。そんなリスクは冒《おか》せないわ。

「っ……！」

フィオナさまの防護結界を上手く使いつつ、逃げ回るしか方法がないのがもどかしい。

なにかほかに私にできることはないの？

走りながら、必死に考える。

そのままどれだけ森の中を走り回っただろう？　私たちには数時間に思えた時間だったけれど、もしかしたらわずか数分のことだったのかもしれない。

「アデラ、イードさま……」

フィオナさまが肩で息をしながら、私を呼ぶ。

その顔はすでに真っ青で、乱れた髪が汗《あせ》で張《は》りついている。

「っ……フィオナさま……！」

何度も防護結界を作り出しているせいだろう。フィオナさまの消耗《しょうもう》が激しい。

休ませてあげたいけれど、それができる状況《じょうきょう》じゃない。

私は歯を食《く》い縛り、チラリと横目で背後を窺った。

撒《ま》くことはできなかった。身を隠して少しでも体力を回復することも叶《かな》わなかったわ。

夜会用のドレスと踵のある靴で、ここまで捕《つか》まらずに済んだだけでもすごいことなのかもしれないけれど――でも、『生存』という『結果』を手に入れられなければ意味がない。

命のやり取りにおいて、『過程』なんてなんの意味もないの！

どうする？　ここまできたら防護結界の中に立てこもるほうがいいかしら？　フィオナさまの防護結界はどれぐらいの強度かしら？　男たちからの攻撃にも耐《た》えうるかしら？

そして――フィオナさまの神聖力が尽きるまでに助けが来てくれるかしら？

「っ……！」

疲労《ひろう》で重たい身体に鞭打《むちう》って、無理やり顔を上げる。

弱気になっちゃ駄目！　根性《こんじょう》を見せなさい！　私！

どれだけ疲れていても、思考を止めちゃ駄目！　考え続けるの！

生き残る方法を！

「そこまでだ」

しかしその瞬間、頭の上から声がして、なにかが私たちの目の前に落ちてくる。

それは、男たちのうちの一人で──私は唖然《あぜん》として上を振り仰いだ。

まさか──木の上を移動して先回りしたの⁉

「そんな……！」

もしかして、この暴漢たち──ライリー・ジ・ヘイルの仲間には、神官だけじゃなくて傭兵《ようへい》や暗殺者なんかもいるのかしら？　どういう集まりなの？

右から左に手に入るものじゃない転移魔法のスクロールを持っていて、それを起動させられる神官に、戦闘《せんとう》のプロまでいる──いったいなにが目的なの？

「手間ぁ……かけ、させ……やがって……！」

木の上から現れた男が私たちを足止めしている間に、背後の男たちが追いついてくる。

全員、何度も防護結界に吹っ飛ばされたせいかボロボロ。ゼィゼィと肩で息をしている。

「え……？」

私は目を見開いた。

五人──？

皇宮から私たちを連れ出したのは、四人だった。馬車に一人待機していたから、全部で五人のはず。

ボロボロになっているのが五人なら、目の前にいる木の上から現れた男は――？

「ッ！」

ザワっと背筋が凍《こお》りつく。

まだ仲間がいた！

「アデラ……イードさま……」

フラリとフィオナさまの身体が揺らぐ。

「フィオナさま！」

慌てて抱き留《と》めようとするも、それよりも早く私は髪の毛をつかまれ、乱暴にその場に引きずり倒《たお》された。

「聖女から離れろ！　この悪女が！」

「きゃあっ！」

地面にうつ伏《ぶ》せに押さえつけられるも、必死に顔を上げてフィオナさまのほうを見る。

「っ……アデ……ラ……」

今にも泣きそうに顔を歪《ゆが》めるフィオナさまの腕を、おそらくライリー・ジ・ヘイルだと思われる男が無造作《むぞうさ》につかんだ。

「やめて！　フィオナさまに触《さわ》らないで！」

私は地面を搔《か》き毟《むし》り、その手を必死に伸《の》ばした。

「目的はなんなの⁉　私がすべて叶えるわ！　公爵家《うち》にできることならなんでもするわ！　だからフィオナさまに触らないで！」

フィオナさまの乱暴に身体を引き寄せて、ライリー・ジ・ヘイルがマスクを取りながら嘲笑《ちょうしょう》する。

「ハ！　思い上がるなよ、公爵家なんぞが俺を皇帝にできるってのか⁉」

「それが目的？　クリステル伯爵から聞かなかったの⁉　お触れも出ているはずだけど、天よりナイツオブラウンズに選ばれていなければ……」

「そうらしいな。ナイツオブラウンズの資格は天が与えるもの。だったら――」

ライリー・ジ・ヘイルがせせら笑って、手袋《てぶくろ》を外し、左手の甲《こう》を私に見せつける。

そこには、運命の円環《えんかん》と聖剣《せいけん》を象《かたど》る紋章《もんしょう》が刻まれていた。

「これが本物かどうかも、天しかわからないんじゃないかぁ？」

「ッ！」

その入れ墨《ずみ》のようなものを見て、愕然《がくぜん》とする。

なんてことを考えるのよ！

「あとはフィオナが俺を選べばいい。違うか？」

「そんなこと……っ……！」

『できるはずがない』とは言えなかった。

だって――知らないから。ゲームのシナリオ内でも設定上でも、それにかんする言及《げんきゅう》はなかったんだもの。

ぐっと言葉を呑み込んでしまった私を見て、ライリー・ジ・ヘイルは高らかに笑った。

「そうだよなぁ？　やってみなきゃわかんねぇよなぁ？」

「っ……」

「だから、安心しろよ。フィオナは殺さない。俺のために、いてくれなきゃ困るからな。だが――お前は駄目だ」

脅《おど》しだろう。私を押さえつけている男が、目の前の地面に鈍《にぶ》く光るナイフを突き刺《さ》す。

「常にフィオナに張りついてやがって、邪魔ったらねぇ！　お前こそ、なにをたくらんでるんだよ？　皇帝か……それに次ぐ地位を狙《ねら》ってるんじゃないのか？　この悪女が」

悪女、ね……。

私は歯を食い縛って、ライリー・ジ・ヘイルをねめつけた。

「天の意志を騙《かた》るような悪党に言われたくないわ！」

「ハ……！　たしかに、悪党としては俺のほうが上だろうな。――じゃあ死ねよ」

ライリー・ジ・ヘイルが嗤《わら》って、フィオナさまを乱暴に引っ張る。

「フィオナ、お前はこっちだ」

フィオナさまは最後に残った力で抵抗《ていこう》しつつ、私のほうへ手を伸ばした。

「い、や……！　嫌……！　アデライードさま……！　お願い、なんでもするから……！

アデライードさまを……助けて……！」

瞬間、ライリー・ジ・ヘイルが舌打ちして、フィオナさまが吹っ飛ぶほどの勢いで平手打ちする。

「ッ！　やめてっ！」

「――動くな」

思わず手を伸ばす私に、身体を押さえつけている男がナイフを突きつける。

「大人しくしてろ、フィオナ。そうすれば、お前は大事にしてやるから」

「……う……」

ライリー・ジ・ヘイルはそう言って、ひどい消耗からかそれとも殴《なぐ》られた衝撃からか、すでに意識を失いかけているフィオナさまを物かなにかのように引きずっていく。

「やめて！　お願いよ！　大事な友達なの！　ひどいことをしないで！」

「ハイハイ、安心しろよ。すぐに気にならなくなるさ」

その言葉と同時に、私を押さえつけている男がナイフを振り上げる。

わずかに届く月の光を受けて、その鋭い刃《やいば》が光る。

私は大きく目を見開き――悲鳴を上げた。

「いやあぁあぁぁっ！　ジークヴァルドさま！　助けてっ！」

瞬間、私の上から重さが消える。

なにが起きたのかわからないまま視線を巡らせると、私を押さえつけていた男は激しく木に叩《たた》きつけられていた。

「ぐっ！」

「な、なんだ⁉　攻撃魔法⁉　どこから……！」

驚愕《きょうがく》して視線を巡らせたライリー・ジ・ヘイルを含む残りの男たちを、金属の多節鞭《たせつべん》が薙《な》ぎ払《はら》う。

「うわぁっ！」

革《かわ》の鞭のようにしなって複雑な動きをするのに、それとは比べものにならないほど重く、殺傷力が高い鞭。それは、私がクロードに与えたものだ。

じゃあ、私を助けてくれた攻撃魔法は……

「っ……！」

一気に胸が熱くなる。

「アデライード！」

ジークヴァルドさまが駆けてきて、私を強く抱き締める。

「遅《おそ》くなってすまない！」

「ジークヴァルドさま……！」

熱い体温。強くたくましい身体が細かく震えている。

「ああ、よかった……！　生きていてくれた……！」

いつも冷静で凛々《りり》しいジークヴァルドさまのまるで縋《すが》るような切実な声に、苦しいほど胸が締めつけられ、目頭《めがしら》が熱くなる。

「フィオナさま……！　ジークヴァルドさま！　フィオナさまは……！」

「大丈夫ですよ、お嬢さま」

男たちを確実に地面に沈《しず》めたクロードが、フィオナさまを抱いてやってくる。

「気を失っておられますが、無事です」

「あ……あ……」

ようやく助かったんだと実感し、堰《せき》を切ったようにどっと涙《なみだ》が溢れる。

「よかっ……た……！　フィオナさま……！」

それ以上は言葉にならない。その代わりと言わんばかりに、涙がとめどなく零《こぼ》れる。

それでも必死に、お願いする。

「ク、ロード……フィオナ、さまの……介抱《かいほう》を……お願……」

「かしこまりました。そこに大神官さまがいますので、ご安心を」

思いがけない言葉に、私は目を見開いた。

「大神官……さま？」

え……？　待って……。どうしてここに大神官さまがいらっしゃるの？

大神官さまとは、神官をまとめる尊き御方。基本、神殿から出られることはない。いくら、聖女の緊急事態だとしても、動くのは神官や聖騎士のはずだ。

そこで、私はようやく気がついた。

ジークヴァルドさまとクロード以外の人の姿が見当たらないことに。

どういうこと？　騎士や聖騎士を伴わず、二人だけで駆けつけたの？

「クロード……？　どうやって、ここへ……？」

「お嬢さまのお戻りまでの時間を計っている中、フィオナさまの姿が見えないのに護衛が四人全員ホールに揃っていることに気づき、慌てて探しに出ました。渡り廊下のあたりでお嬢さまのハンカチを見つけたので、アルジェント公子に報告。公子とともに皇帝陛下に直訴《じきそ》、皇宮の転移の間を使わせていただき、急ぎ神殿に向かいました」

「え……？　神殿に……？」

「ええ、転移魔法を自在に使える大神官さまをひっ捕まえたところで、一発目の照明弾を確認。大神官さまに転移魔法を展開していただいて、二発目・三発目の照明弾を頼りにここまでたどり着きました」

私は皇宮から騎士たちとともに向かってくれると予想していたのだけれど——たしかにそのほうが速い。

ただ、そんなことは、クロードにしかできないだろうけれど。

「良識や、倫理《りんり》に、囚《とら》われることなく……使えるモノはなんでも使って、結果を出す……相変わらず……クロードは優秀《ゆうしゅう》ね……。大神官さまを、乗り物代わりにするなんて……」

「いえ、私も同じことを考えていましたが、発案したのも実行したのもアルジェント公子ですよ」

「え……？」

思いがけない言葉に、目をぱちくりさせてしまう。

えっ⁉　ジ、ジークヴァルドさまが大神官さまを乗り物代わりに使ったの⁉

「……うそ……」

あまりに驚き過ぎて、涙も引っ込んでしまった。

呆然《ぼうぜん》としている私の頬の雫《しずく》を、ジークヴァルドさまの指が優しく拭《ぬぐ》う。

「それだけ必死だったんだよ……。もう生きた心地《ここち》がしなかった……！」

ジークヴァルドさまのアメジストの双眸が、痛ましげに、苦しげに歪む。

「まったくどれだけの無茶をしたんだ……ボロボロじゃないか……！」

「わ、私は大丈夫です……。私よりも、フィオナさまが……」

心配しないでと言おうとした私の額に、ジークヴァルドさまの柔《やわ》らかな唇が触れる。

言わせないとばかりに。

一瞬、なにが起きたかわからず、私はポカンとしてジークヴァルドさまを見つめた。

「え……？」

「誰が大丈夫だって？　しっかりしてやられているじゃないか」

ジークヴァルドさまの指が、私の頬を優しくなぞる。

私を覗き込むアメジストの双眸が、甘やかに煌めいた。

「悪い男はどこにいるかわからないものだろう？」

「っ……」

ジークヴァルドさまにキスされたのだと気づいて、顔が一気に真っ赤になってしまう。

えっ？　ええっ？　待って！　こ、これは夢？　って言うか、逃げることに必死過ぎて気がつかなかったけど、私、頭でも打ったのかな？　今、ちゃんと生きてる？

顔を真っ赤にしてあわあわしている私を、ジークヴァルドさまが再び強く抱き締める。

「君は俺が守る。……ああ、本当に、ほかの男と踊っているのが不愉快《ふゆかい》だからって、目を離すんじゃなかった……！」

「っ……ジークヴァルド……さま……」

ああ、やっぱり私……頭かどこか打ってしまったみたい……。

だって、ジークヴァルドさまの言葉が……愛の告白のように聞こえるんだもの……。

「あ、あの……私……っ……」

助かって安堵したからだろうか？　強い眩暈《めまい》がする。

慌てて頭を振ったけれど、目の前が暗くなってゆく。

ああ、言わなきゃ。意識を失う前に。

いつ、なにが起こるかわからない。

次はないかもしれないんだから。

私はジークヴァルドさまの服に爪《つめ》を立てて、必死に声を絞《しぼ》り出した。

「好き……」

大きく見開かれたアメジストの輝きをまっすぐ見つめて、言葉を紡《つむ》ぐ。

「好き、です……！　ジークヴァルドさま……！」

「アデライード……」

「好きですっ……！　心から……！　どうか！　どうか……！」

胸が熱くなる。

言葉が喉《のど》に詰まって、代わりに涙が溢れてしまう。

だけど——言わなきゃ。

もう二度と、後悔《こうかい》はしたくないから。

「私に、恋してくださいっ……！」

あなたが好きです。

私を守ろうとしてくれたときから？

いいえ——きっと、もっと前から。

推《お》しというだけじゃない、あなたのことが好きだった。

「ジークヴァルド……さま……」

ああ、ごめんなさい。考えが上手くまとまらないわ。

でも、これだけは揺るがない。

好き。

ジークヴァルドさまが好きです、心から。

決して、悲惨な死の運命を回避するためじゃない。

あなたと幸せな人生を送りたいから——私に恋をしてください！

「アデライード……」

ジークヴァルドさまの大きな手が、私の頰を包み込む。

「この国に、剣と攻撃魔法で俺に勝《まさ》る者はいない。君に言われたとおり、俺は国で一番の男になったよ」

囁きとともに、柔らかなものが目蓋に、目尻《めじり》に、頰に、優しく触れる。

「だから、褒美をくれてもいいだろう？」

そして、唇にも。

そのとろけるような甘さに、私は目を閉じた。

「君は俺のものだ――」

エピローグ

「は？　アデライードさまをあんな目に遭《あ》わせたヤツですよ？　処刑一択《しょけいいったく》でしょう？」

皇室から聖女誘拐《ゆうかい》未遂《みすい》事件の首謀《しゅぼう》者・ライリー・ジ・ヘイルの処分が決定したと連絡《れんらく》が来たのは、事件から十日以上も経過してからだった。

今日は、センツヴェリーの大討伐《とうばつ》派兵前の夜会が行われる日。

フィオナさまは今日はなぜか朝からご機嫌斜《きげんなな》めだったのだけれど、夜会に出席するため準備で忙《いそが》しくしている最中にアポなしで突然《とつぜん》やってきたことと、伝えられた判決の内容に一気に怒《いか》りが頂点に達してしまったようで、ものすごい圧を感じるにっこり笑顔《えがお》で使者に詰《つ》め寄《よ》った。

「私の聞き間違《まちが》いですか？　爵位《しゃくい》の剝奪《はくだつ》と兵士として辺境に送る？　ハッ……ありえない。軽過ぎます！」

「あ、あの……でも……」

「それともなんですか？　皇帝《こうてい》陛下は聖女を軽《かろ》んじていらっしゃるんですか？」

「そ、そういうわけでは……」

聖女の瞳孔《どうこう》がん開きの笑顔に、使者はすっかり顔色を失《な》くしてブルブルと震《ふる》えている。

「もちろんフィオナさまを殴《なぐ》ったヤツですから、わたくしもそうしてほしいところですが、そうもいかないのですよ」

さすがに、皇室の決定を伝えているだけの使者殿《どの》が可哀想《かわいそう》でフォローすると、フィオナさまは「アデライードさまは優《やさ》し過ぎます！　そんなところも好きですが！」と言って、強くテーブルを叩《たた》いた。

「クロードさん！　言い値を払《はら》いますから、今すぐ始末してきてもらえます？」

「し、始末⁉」

使者殿がそのとんでもない言葉に目を剝《む》く。

しかし、カップに紅茶を注いでいたクロードは眉《まゆ》一つ動かさず、神妙《しんみょう》な顔で頷《うなず》いた。

「かしこまりました」

「か、かしこまりましたじゃない！　し、使者殿！　冗談《じょうだん》です！　冗談ですからね？」

本気にしないでください！

「陛下には、承知いたしましたとお伝えくださいませ！」

くれぐれも、聖女が瞳孔がん開きで詰めてきたあげくライリー・ジ・ヘイル殺害計画を練っていたなんて、皇帝陛下に報告しないでくださいね！

よほどフィオナさまに詰められたのが怖《こわ》かったのか、青ざめ震えが止まらない使者殿をお見送りして、中断していた支度《したく》を急ピッチで進めて――なんとか予定時間までに完了《かんりょう》。間に合った……。

カウチソファーに座ってクロードが準備してくれた果実水を飲んで一息ついていると、隣《となり》に座るフィオナさまが手で頬《ほお》を包んで、うっとりと私を見つめた。

「ああ、なんて綺麗《きれい》なの……。そのドレス、アデライードさまにものすごくお似合いです。悔《くや》しいけれど、ジークヴァルド・レダ・アルジェント公子の趣味《しゅみ》は最高だわ……」

「ほ、本当ですか？　フィオナさまにそう言っていただけるとホッとしますね」

よかった……。ジークヴァルドさまからプレゼントしていただいたドレスがあまりにも素晴《すば》らし過ぎて、実はちゃんと着こなせているか心配だったのよね。

「私には分不相応《ぶんふそうおう》なのではないかって少し不安だったんです」

「そんなことありません！　すごくお綺麗です！」

フィオナさまは力強く言って、ずいっと身を乗り出した。

「怪我《けが》も綺麗に治ってよかったです」

「フィオナさまも。お互《たが》い、森を走り回って擦《す》り傷《きず》だらけでしたからね」

「本当に、アデライードさまに傷をつけたってだけで万死《ばんし》に値《あたい》するのに……！　どうして処刑《しょけい》じゃないのっ……？」

まだ言ってる。

私は苦笑《くしょう》して、フィオナさまの腕《うで》を優しくさすった。

「クリステル伯爵《はくしゃく》家と同様、ヘイル伯爵家も没落《ぼつらく》寸前——いえ、没落していると言っても過言ではない経済状態だったはずです。今回の事件の首謀者が本当にそのヘイル伯爵家の次男であるライリー・ジ・ヘイルだったとしたら……彼はいったいどうやって貴重な転移魔法《まほう》のスクロールを手に入れて、それを発動させられる神官や木の上を移動できるほどの手練《てだ》れを仲間にすることができたのでしょう？」

「……！　それって……」

「ええ、そうです。ライリー・ジ・ヘイルは実行犯に過ぎなかった可能性がありますわ。絵を描《えが》いた人間——つまり黒幕が別にいる」

私は人差し指を唇《くちびる》に当てた。

「だとすれば、ライリー・ジ・ヘイルは軽率《けいそつ》に処刑することはできません。トカゲの尻尾《しっぽ》切りに協力してしまうことになりますもの」

「あ、そっか……。黒幕こそ、ライリーの口を封《ふう》じたいはずだから……」

フィオナさまは納得《なっとく》した様子で頷いて——私を見つめて感嘆《かんたん》の息をついた。

「あの場面で、暴漢たちのことを冷静に観察なさっていたんですね。アデライードさまはやっぱりすごいです……！」

そして、「尊敬します！　大好きです！」と言いながら私をぎゅうっと抱き締《だし》めると、
あたりに響《ひび》くような声を上げた。

「あーあっ！　ジークヴァルド・レダ・アルジェント公子に渡《わた》したくないなーっ！」

その不自然なまでの大声にきょとんとしていると、思いがけない声が響く。

「……それは私がここにいることに気づいて、あえて言っているんですよね？」

えっ⁉

慌《あわ》ててドアのほうを見ると、そこにはジークヴァルドさまの姿が。

「ジークヴァルドさま！」

「ごきげんよう、キシュタリア公爵令嬢《こうしゃくれいじょう》。お迎《むか》えに上がりました」

ジークヴァルドさまが胸に手を当て、恭《うやうや》しく頭を下げる。

「え……？」

キシュタリア公爵令嬢？

チクンとした胸の痛みを感じて、私は俯《うつむ》いた。

……どうして？

「ええ、気づいてましたよ。シェスカが静かにドアの前に移動したので、そしてもちろん思いっきり聞かせるつもりで言いましたとも」

フィオナさまが私を抱き締めたまま、ジークヴァルドさまを軽くにらむ。

「だいたい夜会に行くのに、お迎えがお茶の時間っておかしくないですか？」

「……少し、キシュタリア公爵令嬢とお話をしたかったので」

「わかりますよ。じっくり時間をかけて自分色のドレス姿を堪能《たんのう》したかったんですよね？　でも、そう簡単にアデライードさまを独《ひと》り占《じ》めできると思わないでください」

フィオナさまの強い口調に、ジークヴァルドさまがそっとため息をつく。

「……聖女さまに嫌《きら》われることをした覚えはないのですが」

「え？　あなたのことが特別嫌いってことはないです。ただ、アデライードさまのことが特別好きなだけです」

フィオナさまのその言葉に、そして身体《からだ》を包み込む温かな腕に、胸が熱くなる。

私はフィオナさまの背中に手を回して、ぎゅうーっと抱き締め返した。

「わ、わたくしも大好きです……！　ずっとお友達でいてくださいね？」

「もちろんですとも！　絶対に離《はな》しませんから！」

「…………」

熱い抱擁《ほうよう》を交《か》わす私たちにジークヴァルドさまはもう一つため息をつくと、我関《われかん》せずな様子で手紙の仕分けをしているクロードに視線を移した。

「……これは聖女さま宛《あ》ての手紙ですか？」

「いえ、ほとんどお嬢《じょう》さま宛てです」

クロードは手に持っていた分を仕分けし終えると、シングルソファーの上の手紙の山を手で示した。

「あちらの山が新商品関係です。先日発表した温水便座への問い合わせや、現在水面下で進行中の商品開発にかんするもの、さらに別の新商品のプロデュースの依頼《いらい》などです」

そして順番に、センターテーブルの右端《みぎはし》、左端、オットマンの上の手紙の山を示して、説明する。

「あちらの山が魔導具《まどうぐ》関係。そして、あちらの山がコーヒーや紅茶、調味料関係ですね。先日、マヨネーズを発表しましたのもあり、それにかんする問い合わせが一番多いですが、お嬢さまにうちの商品を試《ため》していただきたいという依頼も、同じぐらい殺到《さっとう》しています。あちらの山は招待状ですね。サロンにお茶会に晩餐《ばんさん》会に舞踏《ぶとう》会など、誘《さそ》いが絶えません。ああ、そうだ。お見合いの申し込みもきています。それがフィオナさまの横の山です」

「ちょ、ちょっと！」

クロード！　最後の一つは言わなくていいでしょ！

「……は？」

ジークヴァルドさまの視線が鋭《するど》くなる。

私は慌てて激しく両手を振《ふ》った。

「もちろん、お見合いについては全部断ります！　そ、その……」

あのときは非常時だったし、テンションもなんだかおかしくなっていたから照れもなく言えたけれど今は……やっぱりちょっと恥《は》ずかしい……。

私は赤くなってしまった頰を隠《かく》すように俯き、消え入りそうな声でそれを口にした。

「ジークヴァルドさま一筋……なので……」

「っ……」

ジークヴァルドさまの息を呑《の》む音が聞こえる。

「これはクリティカルヒットですね」

「意識してやってるわけじゃないのがなかなか怖いですよねぇ……」

黙《だま》ってしまったジークヴァルドさまの代わり——というのもなんだか変な話だけれど、クロードとフィオナさまがなんだか感慨《かんがい》深げに言う。

シェスカまでうんうん頷いているんだけど……え？　なに？　なにか変なことした？　またやらかしちゃった？　私。

クロードとフィオナさまを交互《こうご》に見ていると、クロードが吐《は》き出し窓を手で示した。

「お話は、お庭でどうぞ。薔薇《ばら》が美しいですよ」

「え？　あ……じゃ、じゃあ……」

あ、そうだ。もちろん、プレゼントしていただいた直後にお礼状は送っているけれど、あらためてちゃんとお礼を言わないと。

私はジークヴァルドさまの傍《そば》へ行き、胸に手を当てて優雅《ゆうが》に一礼した。

「素敵《すてき》なドレスをありがとうございました」

「こちらこそ我儘《わがまま》にお付き合いくださり、ありがとうございます。想像以上にお似合いで言葉になりません」

ジークヴァルドさまがお決まりのセリフとともにかしこまって頭を下げる。

そしてわたしを見つめると、アメジストの双眸《そうぼう》を眩《まぶ》しげに細めた。

「ああ、とても綺麗だ……」

「っ……」

ドキンと心臓が音を立てる。

あ……。今のは、ちょっぴりいい感じだったような……。

ああ、よかった……。さっきのよそよそしい感じはきっと最初の挨拶《あいさつ》だったからだわ。

ジークヴァルドさまは、礼節を重んじる方だから……。

内心ホッとしていると、フィオナさまがチラリと横目でこちらを見る。

「辛抱《しんぼう》たまらなくなっても押し倒したりしちゃ駄目《だめ》ですよ」

ええっ⁉

私は顔を真っ赤にして、ぶんぶんと激しく首を横に振った。

「わたくしはそんなことしません！」

「「えっ⁉」」

そんな私に、フィオナさまとシェスカが――そして珍《めずら》しくクロードも目を丸くする。

私はきょとんとして首を傾《かし》げた。

「えっ？」

「いや、でしょうね。お嬢さまがするとは思っていませんよ」

「えっ⁉　でも……」

「私たち、アデライードさまに言ったわけではないので……」

「ええっ⁉」

ジークヴァルドさまに言ったの⁉　それこそなんで⁉

「ジークヴァルドさまがそんなことするはずがないじゃないですか！」

「っ……」

瞬間《しゅんかん》、ジークヴァルドさまがビクッと身を震わせ、クロードとフィオナさまがニヤリと笑う。

「おっと、この信頼《しんらい》は結構痛いですね。どう思われます？　フィオナさま」

「非常につらいところだと思いますね。どこまで紳士《しんし》の顔を崩《くず》さずにいられるか、我々も注視していきましょう」

え？　なになに？　痛いってなにが？　どういうこと？

わけがわからず頭の中をハテナマークでいっぱいにしていると、ジークヴァルドさまがため息をつきながらそっと私を促《うなが》した。

「……行きましょうか」

「はぁ……」

私は首をひねりながら、ジークヴァルドさまとともに庭園へ出た。

薔薇園《ばらえん》からは少し離れているのに、薔薇の甘い香りがする。

その香りに誘われるように、私たちは歩き出した。

「………」

お話ってきっと、ジークヴァルドさまが繰《く》り返し見てらっしゃる夢の話よね？

ジークヴァルドさまは薄々《うすうす》気づいていらっしゃるようだった。それがただの夢ではないことに。

そう――。それは、おそらく『一回目』の記憶《きおく》。

ジークヴァルドさまは、夢でどこまで見ているのかしら？

もしかして、私を庇《かば》ったせいで処刑されたことまで見ているのかしら？

「悪評まみれの悪女だったころのほうが、ライバルは少なかったのかもな……」

ジークヴァルドさまが小さな声でポツリと言う。

私はハッとして、なんだか疲《つか》れた様子のその横顔を見上げた。

「悪女のままのほうがよかったですか？」

「ああ、いえ、そういう意味ではありません。申し訳ありません」

ジークヴァルドさまが首を横に振って、穏《おだ》やかに微笑《ほほえ》む。

「あなたはあなたです。関係ありませんよ」

「っ……」

ズキンと胸が痛む。

私は唇を噛《か》み締め、足を止めた。

その笑顔は本当に穏やかで、優しくて、息を呑むほど綺麗だった。

だけど、胸が痛む。

数歩先に行って――ジークヴァルドさまは私が立ち止まったままなことに気がついて、振り返った。

「キシュタリア公爵令嬢？」

「っ……どうして……」

さらに胸が痛む。

私は首を横に振って、ジークヴァルドさまに駆《か》け寄り、縋《すが》るようにその袖《そで》をつかんだ。

「アデライードです、ジークヴァルドさま。あのときのように呼んでください」

ジークヴァルドさまが目を見開く。

敬語もやめてほしい。

自分のことも俺と言ってほしい。

飾《かざ》らない、繕《つくろ》わない、ありのままのジークヴァルドさまとお話ししたい。

あのときは、そうしてくれていたじゃないですか……！

どうして、それをやめてしまうんですか？

「私、なにかしてしまいましたか？　ジークヴァルドさまを不快にさせてしまった？」

「いえ、それは……」

「それなら、謝ります。だから、どうか……」

距離《きょり》を取らないでほしい。

離れていかないでほしい。

「っ……」

つんと鼻の奥が痛くなる。

私は溢《あふ》れそうになる涙《なみだ》をこらえて俯いた。

「他人行儀《たにんぎょうぎ》な態度は……寂《さび》しいです……」

「っ……まったく君は……」

ジークヴァルドさまが少し怒気《どき》を孕《はら》んだ声で呟《つぶや》く。

ビクッと身を震わせた瞬間、私は引き寄せられ――強く抱き締められた。

ジークヴァルドさまの熱い体温と香りに包まれて、頭の中が真っ白になる。

「ジ……ジーク……」

「聖女さまの言うとおり、無自覚なのが本当に怖いな」

ジークヴァルドさまがそう言って、私の顔を覗《のぞ》き込む。

私を魅了《みりょう》してやまないアメジストの双眸が、甘やかに煌《きら》めく。

「悪女のまま？　いや、あの夢が本当にあったことなのだとしたら、君はなにも変わっていない。今も昔も誰《だれ》かのために動ける心優しい人だ。悪女なんかじゃない」

ジークヴァルドさまが瞳《ひとみ》を優しくして、私の頬にキスをする。

「だけど、大事なのは今だ。そうだろう？」

「ええと……それは、そのとおりですけど……」

「それに俺のことばかり言うが、君も普段《ふだん》からいろいろと取り繕っているだろう？」

「え？　私がですか？」

「そう、それが君の素だろう？」

ジークヴァルドさまが笑《え》みを深めて、私の唇に人差し指を置く。

「『私』――」

「あ」

私は目を見開いた。

ああ、そうだ。今ではもう自然にしているけれど、そもそもこの話し方は一回目のとき、ゲームのアデライードを真似《まね》て身につけたものだった。

「っ……ジークヴァルドさま……！」

私は両手で苦しいほどに熱くなった胸を押さえた。

嬉《うれ》しくて、嬉しくて、どうにかなってしまいそうだった。

ジークヴァルドさまが、アデライードの中の『私』を見つけてくれた気がして。

「俺は、アデライードのために在る。君は恋《こい》してくれと言うが──」

ジークヴァルドさまが、私の髪《かみ》に口づける。

さらに、額に、目蓋《まぶた》に、こめかみに、頬に。

「俺の心はとっくに君のものだ」

「ジークヴァルドさま……」

「俺のほうこそ、希《こいねが》う」

ジークヴァルドさまの指が、そっと私の顎《あご》をすくい上げる。

私は目を閉じた。

「アデライード。どうか、俺だけのものでいてください、と──」

全身が喜びに震える。

ああ、もう、設定とか、シナリオとか、攻略《こうりゃく》対象とか、悪役令嬢《れいじょう》とか、破滅《はめつ》とか、全部どうでもいい。この喜びの前では、すべてささいなことだわ。

あまりにも幸せで、なにも考えられない。

今はただ、とろけてしまいそうなほど甘いキスに酔《よ》いしれる——。

終

あとがき

はじめまして！　もしくは、お久しぶりです、烏丸紫明《からすましめい》です。
このたびは『わたくしに恋《こい》してください！　～ループ二回目の悪役令嬢《れいじょう》ですが破滅《はめつ》回避《かいひ》のため〝誘惑《ゆうわく》〟します～』をお手に取ってくださり、本当にありがとうございます。

悪役令嬢ものは今や王道となっておりますが、原作ヒロインと敵対しない話が書きたい。とにかく原作ヒロインのために奮闘《ふんとう》する悪役令嬢とそんな悪役令嬢を推《お》す原作ヒロインを書きたい！　というところから、本作は生まれました。……ごめんね、ジークヴァルド。白状してしまうと、ヒーローなのに、着想段階では君はいなかったんだ……。

ヒーロー以外から決まっていったのもあり、ヒーロー以外に烏丸の性癖《せいへき》が詰《つ》め込まれています（笑）有能なのに、恋愛面《れんあい》では途端《とたん》にポンコツを極《きわ》める主人公とか、有能なのに、表情筋がまともな仕事をしない執事《しつじ》だとか。とくに、アデライード命で殺意高めな聖女・フィオナは大好きなキャラです。ぜひとも今後もあの調子で、アデライードの親友という立場と聖女の地位をフルで利用して、ジークヴァルドの恋の障害――目の上のたんこぶで

ありり続けていただきたいです（笑）

それでは、謝意を。

イラストを描《か》いてくださった仁藤《にとう》あかね先生！　大ファンです！　ラフの段階で語彙《ごい》を完全に失い、鳴き声が『可愛《かわい》い』の動物になり果ててました。もう『可愛い』しか口から出てこない。可愛いし、かっこいいし、可愛いし、解釈《かいしゃく》完全一致《いっち》だし、可愛いっ……！　本当に素晴《すば》らしいイラストをありがとうございました！

烏丸にはない視点からの鋭《するど》い指摘《してき》と心配りで導いてくださった担当さま、本が出るまで尽力《じんりょく》してくださった編集部のみなさま、デザイナーさま、校閲《こうえつ》さま、印刷所のみなさま。そして営業さま。この本を並べてくださる書店さま、本当にありがとうございます！

いつも応援《おうえん》してくれている家族と友人にも、深い感謝を！

なにより、この本を手に取ってくださったみなさまに、心より御礼申《おんれいもう》し上《あ》げます！

ここまで読んでいただき、ありがとうございました。

それではまた、みなさまにお目にかかれることを信じて。

烏丸紫明

■ご意見、ご感想をお寄せください。
《ファンレターの宛先》
〒102-8177 東京都千代田区富士見 2-13-3
株式会社KADOKAWA ビーズログ文庫編集部
烏丸紫明 先生・仁藤あかね 先生

ビーズログ文庫

●お問い合わせ
https://www.kadokawa.co.jp/（「お問い合わせ」へお進みください）
※内容によっては、お答えできない場合があります。
※サポートは日本国内のみとさせていただきます。
※Japanese text only

わたくしに恋《こい》してください！

～ループ二回目《にかいめ》の悪役令嬢《あくやくれいじょう》ですが破滅回避《はめつかいひ》のため"誘惑《ゆうわく》"します～

烏丸紫明《からすましめい》

2025年2月15日 初版発行

発行者 山下直久
発行 株式会社 KADOKAWA
〒102-8177 東京都千代田区富士見 2-13-3
（ナビダイヤル）0570-002-301
デザイン みぞくちまいこ（cob design）
印刷所 TOPPANクロレ株式会社
製本所 TOPPANクロレ株式会社

ISBN978-4-04-738246-6 C0193

定価はカバーに表示してあります。

◇◇◇